로크미디어가
유혹하는
재미있는 세상
ROK
MEDIA
로크미디어

다시 사는
재벌가
망나니

다시 사는 재벌가 망나니 23

2022년 10월 21일 초판 1쇄 인쇄
2022년 10월 26일 초판 1쇄 발행

지은이 맹물사탕
발행인 김정수 강준규

기획 이기헌 왕소현 박경무 강민구 조익현
책임편집 금선정
마케팅지원 이원선

발행처 (주)로크미디어
출판등록 2003년 3월 24일
주소 서울시 마포구 마포대로 45 일진빌딩 6층
Tel (02)3273-5135 **편집** (070)7860-2726 **Fax** (02)3273-5134
홈페이지 rokmedia.com **E-mail** rokmedia@empas.com

값 8,000원

ISBN 979-11-354-8017-1
ISBN 979-11-354-9456-7 04810 (세트)

다시 사는 재벌가 망나니

맹물사탕 현대 판타지 장편소설

23

Contents

1장

창문에서 몸을 뗀 구봉팔이 송구스럽다는 듯, 그리고 의아함과 분노가 제각각 섞인 얼굴로 나를 보았다.

"사장님, 잠시 내려갔다 오겠습니다."

나는 그러라고 대답하려다가 생각을 고쳤다.

그야, 구봉팔에게 맡겨 두면 내 차를 박살 낸 저 인간은 살면서 두 번 다시 볼 일이 없게 될지도 모른다.

'게다가 구봉팔이라면 직접 차 수리비까지 내 주겠지.'

하지만 지금 내가 어디 자동차 수리비를 아까워할—A/S도 어려운 고급 외제 차이긴 하지만—재정 상황은 아니었고, 어처구니없음에 터진 분노 직후 냉정한 호기심이 나를 찾아왔다.

나는 아직도 '구봉팔 나와!' 하고 소리 지르며 내 차를 훼손 중인 창밖의 남자를 보며 입을 뗐다.

"아는 사람입니까?"

물론 나는 저 창밖에서 2층 새마음아동복지재단을 향해 자동차 도난 경보 방지음까지 뚫어 가며 고래고래 소리치는 인물이 누군지 모른다.

전생의 기억을 들춰 봐도 기억에 없는 것으로 보아, 아무래도 나와 마주칠 일 없는 삶을 살다 간 무수한 사람 중 한 사람이겠지만.

내 말에 지금이라도 당장 사무실을 나설 준비를 하려던 구봉팔이 주저하며 대꾸했다.

"……장건후라고, 예전에 알고 지내던 동료……입니다."

"조광의?"

"예."

흐음.

나는 담담하게 고개를 끄덕였다.

'……이렇게 무식하게 나왔다는 건 구봉팔을 견제하려는 조광 내 다른 파벌의 수작질도 아니고, 그렇다고 저 태도는 최근 들어 잘나가기 시작한 구봉팔에게 용돈이나 얻으러 온 놈이 할 법한 행동도 아니야. 그렇다고 해서 구봉팔에게 떼인 돈 받으러 온 것도 아닐 테고.'

만일 구봉팔에게 사적 원한이 있어서 복수를 한다면 좀 더 계획적인 방법도 생각해 볼 수 있을 것이다.

'……하긴, 구봉팔과 내 관계를 눈치채고 남들은 시도하지 못할 참신한 자살 방법을 떠올린 건 더더욱 아니겠지.'

저 장건후란 인물의 지금처럼 지극히 감정적인 처사는 이 바닥 특유의 시그널이자, '무시'당한 것에서 오는 울분일 가능성이 컸다.

'그 박상대까지 품으려 한 구봉팔이니 그가 의리를 모르는 인간은 아니야. 하물며 제 세력을 모아야 하는 상황이니 구봉팔이라고 찾아온 이에게 무턱대고 문전박대를 하지는 않을 터, 분명 중간에 전달이 꼬여 오해가 생겼겠지.'

동시에 문득, 생각이 미쳤다.

'혹시, 구봉팔은 조설훈의 죽음과 관련이 있지 않을까?'

남들은 나를 이번 사건의 가장 큰 수혜자라 여기는 모양이지만, 같은 논리라면 구봉팔 역시 자유로울 수 없다.

'돌다리도 두들겨 보고 건널 필요가 있지. 그리고 그게 저 불청객과 무관하지 않은 것이라면.'

나는 구봉팔에게 대수롭지 않은 척하며 말했다.

"저도 함께 가죠."

"예?"

구봉팔은 '이런 지저분한 일에 굳이 나까지 나설 필요는 없다'는 양 질색했다.

"사장님께서 나설 만한 일은 아닙니다. 하물며……."

"저 사람이 부수고 있는 건 제 차잖아요?"

나는 미소 띤 얼굴로 구봉팔의 말을 끊었다.

"저도 저 장건후란 사람에게 어째서 애먼 제 법인 차를 부쉈는지 따질 권리는 있다고 생각하거든요."

그야, 여기서 그가 내 차를 공격한 까닭을 추론하기는 어렵지 않다.

나와 일면식도 없는 저 무뢰한은 분명, 빌딩 앞에 주차된 '가장 좋은 차'를 구봉팔의 차로 오인해 애꿎은 내 애마를 두들겨 댔던 것이리라.

'게다가 보란 듯 동네 시끄럽도록 구봉팔을 불러 대는 판국이니.'

구봉팔은 내가 물러서지 않을 것처럼 보이자 당황한 기색을 감추지 못했다.

"하지만 사장님이 위험할 수도 있습니다."

"강이찬 씨가 있잖아요."

나는 표정 변화 없이 말을 이었다.

"아니면, 설마 구봉팔 씨는 제 보디가드의 실력을 믿지 못하시겠단 건가요? 그것도 아니면, 그가 구봉팔 씨와 부하들을 뚫고 일면식도 없는 저를 해할 거라 생각하신 건가요?"

"……."

"그러면 가죠. 어차피 저 경보음을 끄려면 차주가 내려가야 될 테니까요."

나는 앞장서 걸었고, 구봉팔은 한숨을 내쉬며 뒤따랐다.

구봉팔의 개인 사무실을 나서자, 무슨 일인가 싶어 창가에 붙어 있던 직원들은 바퀴벌레가 흩어지듯 물러섰고, 다가온 건 표정이 딱딱하게 굳어 있는 강이찬과 구봉팔의 직속 부하로 보이는 몇몇뿐이었다.

"자, 일들 합시다. 별일 아니니까."

구봉팔은 개중 직원들을 통제하던 부하 한 사람에게 눈짓했고, 그는 얼른 구봉팔의 곁에 붙었다.

구봉팔이 목소리를 낮춰 그에게 말했다.

"애들 데리고 먼저 내려가."

"예, 이사장님."

"진호는 여기 남아서 사무실 지키고."

"예."

그가 몇몇에게 눈치를 주자 깍두기 머리를 한 대여섯 명의 장정이 우르르 계단을 내려갔다.

나도 강이찬을 쳐다보았다.

"저희도 가죠."

"아닙니다, 사장님."

강이찬이 내 명령을 거부했다.

"사장님은 여기 계십시오. 저 혼자 다녀오겠습니다."

"아뇨, 그럴 생각 없습니다."

"……."

그는 나와 실랑이를 벌여 설득할 자신이 없었던 것인지, 강이찬은 후우, 가벼운 한숨을 내쉬며 내 곁에 바투 붙었다.

"그러면 제 팔이 닿는 범위에서 벗어나지 마십시오."

"고마워요."

"……."

강이찬은 별수 없다는 듯 사무실을 나서는 내 보폭에 맞추며 구봉팔을 보았다.

"만일 이번 일로 사장님께 생채기 하나라도 난다면 그땐 각오하십시오."

"……절대로 그럴 일 없게 할 거요."

저 둘은 어째 만날 때마다 으르렁거리며 물과 기름 같은 사이를 과시하는 걸까.

결국 나는 강이찬과 구봉팔 두 사람에게 호위받는 형국이 되어 계단을 내려갔다.

바깥으로 나오니 앞서 구봉팔이 내려보낸 장정들이 차를 등 뒤에 둔 장건후란 사내를 에워싸고 있었다.

"여기 계십시오."

장건후는 나를 빌딩 입구에 기다리게 한 뒤 내 앞에 섰다.

"형님이 이런 식으로 나오시면 저희도 곤란합니다."

"그럴 거면 곤란해질 상황을 만들지 말았어야지."

그리고 장건후는 사내들 틈 사이로 구봉팔을 발견하곤 외쳤다.

"구봉팔, 너……!"

그때 강이찬이 리모컨 키로 시끄럽게 울리던 도난 방지 경고음을 껐고, 갑작스레 찾아온 정적에 대화의 주도권은 구봉팔에게 넘어갔다.

"장건후, 지금 이게 뭐 하는 짓이냐?"

"……뭐 하는 짓이냐고?"

카악, 퉤.

장건후는 가래침을 모아 내 차에 뱉었다.

'청소비 추가.'

갑작스레 찾아든 정적 속에서 장건후가 말을 이었다.

"사람을 우습게 봐도 유분수지, 네가 지금 좀 잘나간다고 나를 좆으로 보냐?"

구봉팔은 장건후에게서 시선을 떼지 않으며 강이찬에게 목소리를 낮춰 말했다.

"간다."

그 말을 들은 강이찬은 그쪽 일이나 알아서 처리하라는 양 대꾸도 없이 무표정하게 내 앞에 섰다.

'별다른 신호를 주고받지 않은 건 나를 중요 인물로 여기지 않게끔 하기 위함이겠지.'

강이찬에게 나를 맡긴 구봉팔이 부하들을 가볍게 밀치며 장건후 앞으로 나섰다.

"무시한 적 없다. 너야말로 몇 년간 연락도 없다가 갑자기 찾아와선 행패냐."

"까고 있네."

장건후가 비릿한 미소를 지었다.

"동네 개새끼들도 서열이 있는데, 먼저 나를 용돈이나 받아먹는 놈으로 괄시한 게 누구냐?"

"……나는 한 적 없다."

"왜, 그런 전화가 하루에도 수십 통씩 걸려 온다면서."

비아냥거리는 장건후를 앞에 둔 채 구봉팔은 무표정한 얼굴로 고개를 돌렸다.

"전화받은 거 누구냐?"

부하 중 한 명이 손을 들었다.

"접니다."

"알았다."

구봉팔이 몸을 돌려 대답한 부하를 보았다.

"서라."

"예."

부하가 열중쉬어 자세로 서자, 구봉팔은 그대로 부하의 명치를 주먹으로 갈겼다.

퍽!

"커흑!"

구봉팔의 주먹을 맞은 부하의 몸이 기역 자로 꺾였다.

'오, 지금은 전성기가 지났을 텐데도 제법 매섭네. 단련을

게을리하지 않은 모양이야.'

부하는 그 상태 그대로 풀썩, 바닥에 쓰러졌고, 구봉팔은 아무렇지도 않게 시선을 거뒀다.

"등 두드려서 숨 쉬게 해라. 죽는다."

한편, 그 모습을 본 강이찬은 반사적으로 눈살을 찌푸렸는데, 그건 폭력에 대한 거부감이라기보단 그런 조악한 걸 내가 보게 한 구봉팔에 대한 거부반응에 가까웠다.

'때때로 강이찬은 나를 과보호하는 느낌이 든단 말이야. 강이찬의 그런 태도는 조금 지양하게 만들 필요가 있겠어.'

훈육(?)을 마친 구봉팔이 몸을 돌려 장건후를 보았다.

"미안하다. 두 번 다시는 이런 일이 없도록 하마."

구봉팔이 모두가 보는 앞에서 본보기를 보이니, 장건후도 더는 할 말이 없는 듯 떨떠름해하는 얼굴을 했다.

"……그렇다면야."

"하지만."

구봉팔이 얼굴을 딱딱하게 굳히며 장건후를 보았다.

"저 차를 부순 건 따로 값을 쳐야겠지."

그 말에 장건후의 얼굴에 잠시 어처구니없다는 듯한 표정이 스쳐 지나갔다.

"야, 그건……."

"게다가 그건 내 차가 아니거든."

구봉팔의 말에 장건후는 얼빠진 얼굴이 되었고, 나는 뒤따라오는 강이찬을 대동한 채 미소 띤 얼굴로 앞에 나섰다.

"장건후 씨? 처음 뵙겠습니다. 차주인 이성진이라고 합니다."

"……."

장건후는 지금 상황이 어떻게 돌아가는지 몰라 당황한 기색이었다.

"웬 꼬맹이가……."

그사이 내 곁에 선 강이찬이 무표정하게 그를 노려보자, 장건후는 반사적으로 마주 노려보려다가 생각을 고쳐먹곤 구봉팔을 보았다.

"니 차 아니야?"

"내 차 아니다."

"……옘병."

그는 머리를 벅벅 긁더니 내 앞으로 발걸음을 옮기려다가 구봉팔에 의해 가로막혔다.

"할 말이 있으면 거기서 해라."

"……저건 또 뭔데? 네 숨겨 둔 아들이냐?"

"……."

"……아닌가 보네. 응."

장건후는 한숨을 내쉬더니, 내게 들으란 듯 중얼거렸다.

"그러게 왜 여기다 주차를 해선."

나는 그런 장건후를 보며 미소 띤 얼굴로 말을 건넸다.

"갓길 주차로 통행에 불편을 끼쳐드린 점, 사과드립니다."
"……알면 됐고."
"다만."
나는 재차 말을 이었다.
"그쪽도 함부로 제 차를 훼손했으니, 제게도 사과를 하시는 게 도리가 아닐까 싶은데요."
"……."
장건후가 인상을 일그러트리며 남들에겐 통했을지 모를 표정을 내게 보였다.
"이 콩만 한 애새끼가 어디서……."
장건후는 하려던 말을 다 하지 못했는데, 그건 구봉팔의 손아귀가 그 목을 움켜잡은 것과 무관하지 않은 것 같다.
"말조심해라."
"……큭."
장건후는 구봉팔의 손을 뿌리치고 나를 노려보더니, 허리를 꾸벅 숙였다.
"……미안하게 됐다. 됐냐?"
원래도 그 정도로 봐줄 생각은 없었지만, 나는 그 태도가 마음에 들지 않았다.
'혼쭐을 좀 내 줘야겠군. 일단 누가 위이고 아래인지 똑똑히 각인시켜 줄 필요가 있겠어.'
북어도 두들겨 두면 맛이 더 좋아지는 법이고.

나는 속내를 미소 뒤로 감추며 고개를 끄덕였다.

"좋습니다. 그러면 다음은 수리비 이야기를 해 볼까요?"

"뭐?"

"사과는 사회생활을 위한 인간된 도리입니다만, 그건 어디까지나 기본일 뿐이죠. 죄송하단 말로 만사가 해결될 거라면 경찰이 왜 필요하겠어요?"

의도적으로 그 속을 살살 긁어 주었더니, 장건후는 얼굴이 펑 하고 터질 것처럼 빨개진 얼굴을 한 채 간신히 입을 뗐다.

"그건…… 내가 어떻게든, 하마."

"흐음."

인내심이 제법이군.

'그럼, 어디.'

나는 그를 위아래로 훑어보았다.

"차고 계신 롤×스, 진품입니까?"

"……그래."

"그걸 팔면 선생님께서 제 차에 뱉은 가래침 청소비 정도는 어떻게 가능할 것 같네요. 그런데 제 차에 낸 기스 자국과 사이드미러를 부순 값을 치르기에는 충분치 않아 보입니다만……."

"……."

"아, 그러면 게잡이 배라도 타실래요? 쉽진 않지만 선생님께서 가장 빠르게 목돈을 쥘 수 있는 방법인데."

"……이 새끼가……."

이번에도 그는 하려던 말을 다 하지 못했는데, 그건 구봉팔의 주먹이 그 턱을 돌아가게 만든 것과 무관하지 않은 것 같다.

'어쨌건 구봉팔의 싸움 실력 하난 알아줘야겠군. 뭐, 이젠 최전선에서 주먹질이나 하고 다닐 위치가 아니지만.'

그 바람에 내 차를 등지고 있던 장건후는 몸에 균형을 잃었고, 구봉팔은 여름 햇볕에 뜨겁게 달궈진 보닛 위로 장건후의 얼굴을 짓눌렀다.

"크!"

"죄송합니다, 사장님."

구봉팔이 그 상태로 말을 이었다.

"차량 수리비는 제가 책임지고 납부하겠습니다."

"구봉팔 씨가요? 왜요?"

"……왜냐하면."

구봉팔의 주먹이 쾅, 하고 장건후의 얼굴 바로 앞 보닛 위로 떨어지며 보닛을 우그러뜨렸다.

"저도 이젠 파손의 책임이 생겼으니까요. 그러니 이쯤 해서 제 얼굴을 봐서라도 용서해 주시지 않겠습니까."

"……."

솔직하지 못하긴.

아까 전 사무실에서 그와 독대하면서 느낀 거지만, 구봉팔은 내가 사람 죽는 걸 아무렇지도 않게 여기며 심지어 이를 지시할 수도 있을 만한 사람으로 여기는 모양이었다.

'겸사겸사 떠보길 잘했어. 다만, 이건 그다지 달갑지 않은 오해인걸.'

나는 구봉팔의 얼굴을 봐서 훈육은 이쯤 해 두기로 했다.

'게다가 날씨도 덥고.'

나는 고개를 끄덕였다.

"좋습니다. 다른 사람도 아니고 저와 구봉팔 씨 사이니까요. 하지만 그 값을 구봉팔 씨가 치르게 하지는 않겠습니다."

"……사장님."

"수리비는 저분께 돈 말고 다른 걸로 받기로 하죠."

나는 손수건을 꺼내 이마의 땀을 닦으며 장건후를 쳐다보았다.

"그 전에 조용하게 이야기 나눌 시원한 곳, 어디 없을까요?"

우리는 장건후를 대동하고 사무실이 근처 골목 어귀에 자리 잡은 다방으로 향했다.

도심에서는 말 그대로 시대의 흐름 뒤편으로 쇠락해 가는 가게이자 업종이었지만, 오히려 그렇기에 나는 손을 놓아야 할 때를 놓치고 만 이들 무뢰배 패거리들과 그들을 맞아들인 다방이라는 공간이 정취 면에서 묘하게 알맞단 생각을 했다.

구봉팔의 부하들은 가게가 익숙한 편인지 화장을 진하게

한 마담과 무어라 이야기를 나누며 지폐 다발을 건넸고, 마담은 마침 손님 없이 텅 빈 가게에 잘됐다 싶은 얼굴로 가게 문에 'CLOSED' 명패를 뒤집어 걸었다.

부하들은 우리 근처, 그러면서도 우리가 나누는 대화가 들리지 않는 위치의 테이블에 각각 자리를 잡고 앉았고, 강이찬은 나와 구봉팔, 장건후가 앉은 자리에서 한 테이블 건너뛴 곳에 앉아 물끄러미 장건후를 감시했다.

"……실례하겠습니다."

나는 마담이 추울 정도로 세게 틀어 준 에어컨 바람을 쐬면서 구봉팔에게 호되게 혼이 난 부하가 마담에게서 가로챈 음료를 내놓고 물러날 때까지 기다렸다.

"드세요."

달걀노른자를 띄운 쌍화차를 앞에 두고 내 눈치를 살피던 장건후는 그제야 숟가락으로 쌍화차를 한 입 떠먹더니, 차츰 며칠이나 허기가 졌던 사람처럼 숟가락을 빠르게 놀리기 시작했다.

그가 먹고 죽은 귀신이 때깔도 곱단 생각을 떠올리고 있는 것인지, 아니면 내가 '차량 수리비'를 받아 내기 전까진 그를 해하지 않으리란 계산이 선 것인지는 나도 모르겠다.

하지만 어쨌건 방금 전 그런 일이 있었고, 지금이 그 연장선에 놓인 상황에 목구멍으로 쌍화차를 넘기는 걸 보니 담력은 제법 강한 인물이구나 싶었다.

'게다가 왠지 모르게 나름대로 믿는 구석도 있어 보이고 말이지.'

나는 그가 구봉팔을 찾아온 이유도 옛정에 기대어 용돈이나 타 보려 한 것은 아닐 것 같단 생각이 들었다.

나는 내 몫의 오렌지 주스를 빨대로 한 입 마신 뒤 입을 뗐다.

"자, 그러면."

내가 입을 떼자 장건후는 놀리던 숟가락을 멈추고 나를 보았다.

"장건후 씨라고 했던가요?"

장건후가 묵묵히 고개를 끄덕였고, 나는 그를 향해 재차 말을 이었다.

"제가 장건후 씨에게 받아 낼 수리비 이야기를 계속 이어가 보죠."

"그건……!"

장건후는 무어라 받아치려다가 옆자리의 구봉팔 눈치를 살피곤 어조를 가다듬었다.

"……돈 말고 다른 걸로 갚게 하겠다고 말하지 않았냐, 요?"

"그랬죠."

나는 그를 향해 빙긋 웃어 보였다.

"그래서 그 전에 장건후 씨가 제게 어떤 도움을 줄 수 있을지 지금부터 알아보려고 합니다. 장건후 씨, 당신은 어떤 사람인가요?"

"다짜고짜 어떤 사람이냐고 물은들……."

장건후가 쌍화차 컵받침에 숟가락을 놓았다.

"나야말로 그쪽이 누군지 모르니, 당최 나를 어떻게 쓰려 하는지 모르겠군, 요."

"말씀은 편하게 하셔도 됩니다."

"이거, 아주 꽉 막힌 꼬맹이는 아니구먼."

비릿한 미소를 지은 그는 나를 누군가와 비교하며 말하는 듯했다.

"그나저나…… 아까 들으니 이름이."

"이성진입니다."

"그래, 이성진. 그런 이름이었지."

그는 내 이름을 입안에서 한 차례 굴린 뒤 구봉팔을 힐끗 쳐다보곤 내게 말을 이었다.

"그러면 이성진…… 사장님?"

"예. 그런 직함도 있죠."

"이런 꼬맹이가 사장이라. 말세긴 말세구먼."

구봉팔이 장건후를 한차례 쳐다보았지만, 장건후는 그 시선에 아랑곳하지 않고 의자에 등을 붙이며 담배를 꺼냈다.

"참아."

그제야 구봉팔이 나직한 말씨로 끼어들었지만, 나는 상관하지 않았다.

"괜찮습니다. 피우셔도."

지금은 길거리에서 버젓이 담배를 피워도 누가 뭐라고 하는 시대도 아니고, 그래서 대화가 매끄러워진다면 나도 이 정도는 묵인해 줄 수 있었다.

장건후는 씩 웃으며 담배에 불을 붙였다.

"……꼬마 사장, 맘에 들어."

누구랑은 달리, 하고 중얼거린 장건후가 말을 이었다.

"그러면 어느 회사?"

나는 그가 담배를 한 모금 태우길 기다렸다가 물었다.

"이만하면 제 소개는 마친 것 같은데, 이제 장건후 씨 차례군요."

물론 그 정도로는 내가 누구인지 하는 걸 알 수 있을 리 만무했지만, 주도권은 내게 있었다.

"……흠."

장건후 역시도 그걸 아는지, 그는 코로 담배 연기를 뿜은 뒤 쌍화차 그릇에 담뱃재를 톡 털었다.

"뭘 듣고 싶어?"

"일단 여기 계신 구봉팔 씨를 찾아온 용건이 궁금하군요."

내 말에 장건후가 인상을 구겼다.

"야, 그건……."

"그걸로 보닛 수리비는 제해 드리죠."

나는 구봉팔을 보며 말을 이었다.

"그리고 이번 이야기는 나중에 구봉팔 씨에게 직접 들어도 되는 일이지만, 제가 장건후 씨 입으로 듣고 싶어서 양보해 드리는 거예요."

장건후는 무언으로 긍정하는 구봉팔의 표정을 살피며 혀를 찼다.

"나 참."

장건후가 나를 보며 고개를 저었다.

"봉팔이가 꽉 메여 있는 걸 보니, 일단 그쪽이 평범한 꼬맹이가 아니라는 건 알겠군."

그는 다시 담배를 한 모금 태우며 뜸을 들인 뒤 입을 열었다.

"내가 오늘 구봉팔을 찾은 까닭은 긴히 전할 이야기가 있어서다."

"……."

"왜, 부족해?"

"부족할 뿐만 아니라 막연하기까지 하단 생각이 들어서요. 그건 제가 들어선 안 될 이야기라고 생각하시나요?"

"……."

장건후가 고개를 돌려 구봉팔을 보았다.

"이 꼬맹이, 대체 뭐 하는 놈이냐?"

"말조심해라."

구봉팔이 딱딱한 어조로 말을 이었다.

"그리고 네가 나한테 할 이야기라면 여기 계신 이성진 사장님도 아실 필요가 있는 이야기겠지."

"……참 나 원."

장건후가 신경질적으로 머리를 벅벅 긁었다.

"그러면 일단 이것부터 물어봐야겠군. 너, 혹시 조세광이라고 아냐?"

조세광?

그 말에 나는 구봉팔을 보았고, 구봉팔이 고개를 끄덕였다.

"여기 있는 장건후는 조세광의 부하였습니다."

아하.

하지만 구봉팔의 말에 장건후가 인상을 찌푸리며 끼어들었다.

"아니, 야, 그건 아니지. 내가 왜 그 새끼 부하냐?"

"……조세광의 명령을 받고 그에게서 대가를 받아 왔다면 부하라고 할 수 있지 않나?"

장건후가 이죽거렸다.

"아하, 그렇게 따지면 너도 조세광의 부하였겠군."

정작 구봉팔은 반쯤 시비조인 그 말에도 담담했다.

"부정하지 않겠다."

"……쳇."

한 차례 혀를 찬 장건후는 담배를 한 모금 태운 뒤 허공에 연기를 뿜었다.

“아무튼 조세광을 아는 모양이긴 하네. 하긴, 구봉팔이 제 잇몸처럼 챙기고 있어 주니 꼬마 사장도 조세광이 누군가 하는 것도 알 법은 하겠군.”

“조광 그룹의 조세광이 누구인가 하는 것쯤은 얼마 전 신문에도 나왔으니까요. 그런 의미에서는 안다고 할 수 있겠죠.”

내 말에 장건후가 입매를 비틀었다.

“그래. 그렇다면 나도 좀 편해지겠군.”

한차례 뜸을 들인 장건후가 말을 이었다.

“오늘, 개인적으로 좀 알고 지내는 짭새가 나를 찾아오더니 관련해서 제법 의미심장한 질문을 던졌거든.”

나는 그 입에서 나온 단어를 순화해서 물었다.

“알고 지내는 경찰이 있나요?”

“……이럭저럭. 다들 그 정도 연줄은 쥐고 있잖아?”

경찰과 연줄이라.

나는 그가 허세를 섞어 말하고 있다는 걸 눈치챘지만, 생각한 바를 내색하지 않으며 고개를 끄덕였다.

“그랬군요. 그 질문이란 무엇이었습니까?”

“별건 아니고……. 아니, 별거 아닌 게 아니고, 올해 초에 있었던 이야기 몇 가지를 물어봤어.”

그는 무심결에 ‘별거 아닌 이야기’라고 말한 걸 구태여 고쳐 말했다.

'그나저나 올해 초?'

조광, 특히 조세광의 올해 초 있었던 일에 대해 경찰이 물어보았다?

'……아니, 아직은 너무 광범위해서 짐작 가는 일이 없군.'

빠르게 생각을 마친 나는 태연한 어조로 물었다.

"어떤 이야기였습니까?"

"……새마음아동복지재단."

그 말에 나는 움찔할 뻔한 걸 간신히 참았지만, 당사자인 구봉팔은 대놓고 언짢은 기색을 드러냈다.

그럼에도 불구하고 끼어들지 않는 구봉팔을 대신해 나는 호들갑을 떨어 가며 입을 뗐다.

"아하, 그래서 구봉팔 씨를 찾아오신 거로군요."

장건후는 고개를 끄덕이곤, 저 멀리 그 전화를 일방적으로 끊었다가 구봉팔에게 혼쭐이 났던 부하를 쳐다보았다.

"그래. 짭새가 새마음아동복지재단, 나아가 구봉팔에게 흥미를 갖고 있다는 자체는 내가 구봉팔을 직접 찾아와 말해야 할 만큼 중요한 일이지 않나?"

장건후는 들으라는 듯 일부러 목소리를 높였고, 구봉팔의 그 부하는 벌레 씹은 얼굴로 고개를 푹 숙였다.

"경찰에게는 뭐라고 답했습니까?"

장건후는 다시 고개를 돌려 나와 구봉팔을 번갈아 보다가

담뱃재를 털며 대답했다.

"……사실대로 솔직하게."

장건후가 곁에 앉은 구봉팔의 눈치를 살피며 얼른 덧붙였다.

"그렇다고 이걸 무슨 배신 같은 거라곤 생각하지 마. 나도 함부로 입을 연 건 아니고, 그까짓 일은 조금만 뒤져 봐도 나올 일이야. 나 장건후, 그렇게 입이 싸진 않다."

그건 내 알 바 아니지만, 나는 미소 띤 얼굴로 고개를 끄덕였다.

"그럼요. 그러시겠죠."

"흥……. 알면 됐고."

"그래서 구체적으로는 무슨 대화가 오갔습니까?"

장건후가 나를 보았다.

"네가 들어도 알까 모르겠는데."

"그건 제가 판단하죠."

그는 잠시 나를 물끄러미 보다가 하는 수 없다는 듯 입을 열었다.

"……올해 초, 아니 작년 연말부터 해서 새마음아동복지재단에 대규모 후원금이 들어왔던 적이 있다."

내가 모를 리 없는 이야기였다.

작년 말 윤아름을 위시한 SJ엔터테인먼트는 방송국 관계자를 모아 요한의 집에서 자선 행사를 열었고, 이는 당시 평단의 호평을 받은 방준호 감독의 영화에 출연해 주가가 높던 윤아름의 이름값을 톡톡히 누리며 황금 시간대에 전파를 탔다.

그 결과 요한의 집과 새마음아동복지재단은 전국 각지에서 그들이 '감당하기 어려운' 수준의 후원금을 받아 발목을 붙잡히고 말았다.

'한편으론 이 시대엔 방송의 힘이 그 정도로 대단하단 의미도 포함하겠군.'

아이러니한 일이지만, 그 바람에 조세광은 자신이 조세 포털용으로 관리하던 새마음아동복지재단을 내게 넘겨야만 했다.

'뭐, 공짜는 아니었지만 조세광이 구속된 지금 와서는 그놈에게 넘겼던 스크린 골프 사업권도 다시 내게 넘어온 것이나 마찬가지지.'

나는 고개를 끄덕였다.

"그랬군요. 그런데 경찰은 그걸 왜 장건후 씨에게 물어본 거죠?"

"그야 아까 말했듯 나는 조세광의……."

장건후는 그제야 아차 싶은 얼굴을 하더니 눈을 가늘게 뜨며 나를 보았다.

"알겠군."

"뭘요?"

"네 정체. 혹시, 네가 조세광에게서 스크린 골프 사업권을 대가로 새마음아동복지재단을 받아 간 거 아니냐?"

깨닫는 게 늦다면 늦고, 빠르다면 빠르다.

이쯤 하니 나도 굳이 숨길 생각까진 들지 않아서, 보란 듯 어깨를 으쓱였다.

"맞아요. 엄밀히 말해 저는 새마음아동복지재단의 공식 정규 후원자일 뿐, 재단의 인사 및 관리에 전혀 손을 대지 않고 있지만요."

"……하하."

장건후가 메마른 웃음을 터뜨렸다.

"그랬군, 그랬어. 그래서 네가 구봉팔이랑 함께 있는 거였군. 구봉팔이 네 앞에서 설설 긴 까닭도……,"

뒤이어 장건후는 구봉팔을 힐끗 쳐다보았다가 표정을 고쳐 나를 보았다.

"꼬마 사장, 나랑 거래하자."

"……예?"

"나도 자세한 이야기는 그쪽의 조건을 듣고서 더 할지 말지를 판단하기로 하지."

거래라.

나는 그에게 보란 듯 얼굴에 짓고 있던 미소를 거둬들이며 나직이 말을 건넸다.

"장건후 씨, 지금 혹시 뭔가 착각하고 계신 건 아니죠?"

"……착각?"

"지금 제게 '거래'를 하자고 말씀하셔서요."

거래라는 건 서로 간에 입장 차가 대등하거나 비등한 관계에서 나올 수 있는 말이다.

'하물며 네가 나한테 거래 운운할 상황은 아닐 텐데.'

나는 담담하게 말을 이었다.

"좋아요. 거래라고 말씀하셨으니, 일단 들어는 보죠."

"……그러면."

나는 장건후의 말을 끊었다.

"단, 그게 장건후 씨가 파손하신 제 자동차 수리비로 합당한지 여부는 제가 자의적으로 판단하겠습니다. 그래도 괜찮으시겠죠?"

내 말에 장건후는 마른침을 꿀꺽 삼킨 뒤, 억지로 웃어 보였다.

"물론이다. 아마 그러고도 거스름돈이 남을 거야."

"……."

거스름돈이라니.

'이거, 모르긴 해도 담력 하난 알아줘야겠군.'

장건후가 입을 열었다.

"잠깐 상황을 정리하자면……. 조세광에게서 새마음아동복지재단을 인수한 게 꼬마 사장인 건 맞지?"

"인수라니요."

나는 픽 웃었다.

"말씀드리지 않았습니까. 저는 정규 후원자에 불과하며, 재단 관리는 구봉팔 씨의 권한이라고요."

"……."

그가 내 말을 궤변으로 취급하고 있는 눈치여서, 나는 어깨를 으쓱였다.

"뭐, 그게 조세광이 그 손에서 새마음아동복지재단을 놓게 하는 것에 일익을 담당했단 의미에서 하신 말씀이라면 그렇게 받아들이실 수도 있겠군요."

"……좋아."

장건후가 담배를 비벼 끄며 말을 이었다.

"그리고 꼬마 사장은 조세광이 재단을 손에 놓게 하는 거래 조건으로 스크린 골프 사업을 넘겨준 거고."

그것도 세밀히 파고들면 다소 어폐가 있지만, 나는 그냥 고개를 끄덕였다.

"그런 셈이죠."

"그러면 너는 도대체 왜……. 아니, 신경 쓰지 마라."

그는 나를 상대로 자신의 호기심을 해결해 보려던 시도를 관뒀다.

"본론으로 넘어가지. 나를 찾아온 경찰은 조세광이 가진 자금의 출처…… 정확히는 조세광이 '올해부터 시작한 사업'이 뭐냐고 내게 구체적으로 물어보았어."

"뭐라고 대답하셨죠?"

장건후가 대답했다.

"스크린 골프."

직후 장건후는 비릿한 미소를 지었다.

"중요한 건 다음이야. 경찰은 그다음, 이렇게 물어보았지. '조세광이 골프 사업을 시작하던 당시, 포기한 사업체가 있느냐'고."

"……."

"꼬마 사장도 눈치챈 모양이군. 경찰의 질문은 상당히 구체적이었어. 그건 무언가 냄새가 난다는 걸 알고 있지 않고선 나올 수 없는 질문이지."

그렇게 안 봤는데, 눈치는 제법 빠른 인물인 모양이었다.

그보다, 나는 장건후의 말에서 경찰이 새마음아동복지재단에 관심을 기울이고 있다는 점에 주목했다.

"그건 현재 구속 중인 조세광에게 적용된 혐의의 연장선에서 나온 질문이었습니까?"

"……그렇지는 않아 보였어. 내 생각이지만 이제 와서 새삼 조세광에게 추가로 혐의를 적용해 본다 한들, 뭔가 크게 바뀔 것 같지도 않았고. 오히려……."

장건후가 뜸을 들였다가 말을 이었다.

"여기서부턴 다른 듣는 귀가 없도록 사람을 물러나게 해 주었으면 좋겠는데."

"……."

"나 좋으라고 하는 이야기가 아니야. 이제 와서 내가 너한테 뭔가 해코지를 할 리도 없고."

내가 구봉팔을 힐끗 쳐다보자 그가 목소리를 높였다.

"다들 여기서 나가라."

그 말에 부하들은 의문조차 표하지 않으며 제각각 앉은 자리에서 일어섰다.

나도 건너편 테이블의 강이찬을 보았다.

"강이찬 씨도 잠시 자리를 비켜 주시겠습니까."

"……."

"재단 사무실에서 기다리고 계셔도 되고요."

강이찬은 그다지 내켜 하지 않는 얼굴이었지만, 한편으론 자신이 자리를 비워도 구봉팔이 나를 대신해 지켜 줄 것이라 생각하는 모습이었다.

그는 내게 묵례한 뒤, 마담을 데리고 나가는 구봉팔의 부하들을 따라 다방을 나섰다.

"자, 그러면."

장건후는 한결 여유로운 얼굴로 몸을 기울였다.

"다시 이야기로 돌아가 볼까."

그는 담뱃갑을 뒤적여 담배를 한 개비 꺼낸 뒤 불을 붙여 허공에 연기를 뿜었다.

그러고 한동안 허공에 떠도는 연기를 바라보던 장건후는

불쑥 입을 열었다.

"일단 이것부터 물어보지. 니들은 조설훈이랑 조지훈의 죽음에 대해서, 어디까지 알고 있냐?"

그 말에는 지금껏 평정을 유지하고 있던 구봉팔의 표정에도 변화가 생겼다.

"지금 그게 무슨 소리냐?"

"나도 그냥 입만 털진 않았거든. 나름대로 경찰에게 몇 가지를 주워들었지."

장건후가 표정을 고쳐 말을 이었다.

"알고 있겠지만, 조설훈과 조지훈의 죽음은 한날한시에 이뤄졌다. 심지어 같은 날, 오늘내일하던 조성광 회장마저 죽고 말았어. 단순한 우연의 일치는 아니겠지."

"……."

"단도직입적으로 말하자면, 경찰은 조설훈과 조지훈의 죽음에 대해 따로 생각하는 바가 있던 모양이야."

장건후가 담배를 한 모금 더 빨았다.

"내 생각에는 경찰이 나를 찾아와 그런 질문을 던진 것도, 그 두 사람의 죽음 때문이 아닌가 싶더군."

나는 장건후의 이야기를 들으며 사안이 퍽 공교롭다고 느꼈다.

'조설훈의 죽음에 의문을 품은 건 비단 양상춘이나 강하윤뿐만이 아니었던 건가?'

구봉팔이 물었다.
"조설훈과 조지훈은 어떻게 죽었지?"
"너도 모르는 거냐?"
그러면서 장건후는 나를 쳐다보았는데, 나는 긍정도 부정도 하지 않으며 어깨만을 으쓱였다.
장건후는 그런 나를 보며 눈을 가늘게 뜬 채 무어라 입을 떼려다 관뒀고, 그사이 구봉팔이 물었다.
"그래서 경찰 의견은 어땠지?"
"일단 수사한 사안은 이래. 경찰 수사 결과 조설훈은 조지훈에게 권총으로 살해당했다."
"……."
구봉팔이 인상을 찌푸렸다.
"권총?"
보아하니 구봉팔은 엠바고가 걸린 조설훈과 조지훈의 사인을 정확히 모르는 모양이었다.
"음. 총알이 후두부를 관통했다더군."
말하면서 장건후는 자신의 뒤통수를 손바닥으로 쓸었다.
"그리고 조지훈은……."
장건후는 이어서 조지훈이 현장을 찾은 경찰과 총격전 후 사망했다는 것이며, 그 경찰 역시 순직하였다는 (나는 이미 알고 있는)정보를 신중하게 털어놓았다.
"……그런 거였나."

한편 내 눈치를 살피며 은근히 안도하는 구봉팔의 표정을 보아하니, 아무래도 그는 지금껏 조설훈과 조지훈을 살해한 것이 나라고 생각한 모양이었다.

'나 참, 사람을 뭐로 보고.'

구봉팔이 말을 이었다.

"그 말이 사실이라면 조지훈 파벌에 아킬레스건으로 작용하게 되겠군."

"내 말이."

장건후가 씩 웃었다.

"어때, 이만하면 내가 너를 직접 만나 이야기를 해 볼 만하다 생각하지 않냐?"

"……."

"야, 야. 인정할 건 인정해야지."

나는 이죽거리는 장건후를 향해 물었다.

"그것뿐만은 아니죠?"

"……응?"

장건후가 눈을 동그랗게 뜨며 나를 보았다.

"아, 뭐…… 그렇긴 하다만."

장건후는 꽁초 언저리까지 남은 담배를 마저 한 모금 태운 뒤 담배를 비벼 껐다.

"그 뒤로는 민감한 사안인지 뭔가 숨기는 구석이 있더군. 그 경찰은 말하면서 줄곧 '경찰 수사 결과'를 입에 담았는데,

따로 아는 게 없느냐 물었더니 그 즉시 부자연스럽게 입을 다물고 말았어."

"흐음. 그렇군요."

"하지만 한 가지, 알아낸 게 있지."

장건후가 의미심장한 어조로 말했다.

"경찰의 말에 의하면, 우리 아가씨는 그 사건의 전말을 알고 있을지도 모르겠다는 것 같더군."

구봉팔이 인상을 찌푸리며 물었다.

"아가씨?"

"조세화 말이야. 조세화."

"아."

장건후가 다시 말을 이었다.

"어쨌거나 내가 경찰을 유도신문해서 알아낸 사안은 그러했단 거고, 나도 '실제 현장'이 어땠는지까진 몰라. 하지만."

그는 보란 듯 얼굴에 비릿한 미소를 지었다.

"뭔가 구린 냄새가 나긴 하지?"

"……."

구봉팔이 고개를 끄덕였다.

"그랬군. 그러면, 너에게 그 이야기를 전달한 경찰은 누구였냐?"

"거기까지 말해야 하나?"

나는 이 와중 주도권을 쥔 양 한번 딜을 해 볼 만하다 장건후의 표정을 보며 끼어들었다.

“아무튼 알겠습니다.

나는 장건후의 말을 끊어 냈다.

“어쨌거나 사용하기에 따라선 꽤 유용한 정보가 될 수도 있겠군요.”

사실, ‘꽤 유용한 정보’ 수준이 아니다.

비록 지금은 엠바고가 걸려 있다지만 조설훈과 조지훈의 죽음에 대한 건은 언젠가 터지기 마련인 일이다.

‘하지만 중요한 건 사실 그 자체가 아니지.’

그 와중, 남들보다 앞서 해당 정보를 손에 쥐고 있다면, 그 선점한 정보의 대가는 달콤한 선물로 다가온다.

이를테면, ‘조지훈이 조설훈을 살해하였다’는 것만으로 남아 있는 조지훈 파벌은 그 즉시 명분을 잃게 되며, 구봉팔이라면 그들이 와해되기 전 어떻게 움직이면 좋을지 스스로도 잘 알고 있을 것이다.

‘결국 정보라는 건 누가 언제 쥐고 있느냐에 따라 가치가 달라지는 법이니까.’

하지만 그렇다고 해도 그건 어디까지나 그뿐.

나에게는 이미 가치를 잃은, 신선도가 떨어지는 정보였다.

그래서 나는 보란 듯 장건후에게 시비를 걸었다.

“그러면 다음은 아까 말했던 거래 이야기를 이어서 계속해 볼까요?”

내 말에 장건후는 어처구니없다는 듯 나를 쳐다보다가 벌떡 몸을 일으켰다.

"이 새끼가 지금……!"

그 즉시 구봉팔이 팔을 뻗어 장건후를 가로막았다.

"죽고 싶냐?"

"……아니, 잠깐만."

도저히 주먹으론 상대가 안 되는 구봉팔에게 장건후가 억울하다는 듯 항변했다.

"지금 이 꼬맹이가 이런 정보를 듣고도 입을 싹 닫겠다잖아! 이 정도면 '거래'로 충분한 거 아니야?"

"그걸 판단하는 건 네가 아니다."

"……."

그렇게 말하는 구봉팔 역시 내가 왜 이렇게까지 장건후에게 시비를 걸고 있는 것인지 의문인 모양이긴 했지만.

나는 고개를 끄덕이며 장건후를 보았다.

"앉으시죠."

"……쓰벌."

장건후는 나직이 욕설을 내뱉으며 자리에 털썩 주저앉았고, 나는 그제야 하려던 말을 계속했다.

"제가 장건후 씨의 '정보'를 거래 요건으로 보지 않은 건, 그건 저도 이미 알고 있던 이야기이기 때문입니다."

"하."

장건후가 헛웃음을 터뜨렸다.

"이게 어디서 약을 팔아?"

"그렇다면야."

나는 빙긋 웃으며 장건후를 보았다.

"시험 삼아 장건후 씨에게 해당 정보를 가져온 경찰이 누군지, 이 자리에서 말해 볼까요?"

"뭐?"

내 말에 장건후는 화를 내다 말고 의아한 듯 나를 보았다.

"그걸 네가 어떻게 안다고."

나는 빙긋 미소 띤 얼굴로 물었다.

"여자죠?"

내 말에 장건후는 손가락 사이에 끼고 있던 담배를 떨어트릴 뻔했다.

"무, 무슨……."

정답이군.

"하긴, 여성 형사는 희귀한 편이니까요. 아무래도 제가 생각한 분과 일치하는 것 같네요."

"……."

"게다가 혼자가 아니었겠죠? 제 생각인데……."

나는 미소를 유지하며 말을 이었다.

"그 자리엔 상당히 희귀한 성씨의 순경도 동행하지 않았습니까?"

"……."

이번에도 정답.

"저도 나름대로 정보망이 있거든요."

"……."

일부러 허세를 부려 보았더니, 장건후의 이마에 식은땀이 송골송골 맺혔다.

장건후는 지금 숫제 내가 작두를 타고 있는 걸 보는 것처럼 얼이 빠진 표정을 하고 있었다.

뭐, 그걸 알아낸 것도 어디까지나 내게 찾아온 우연에 약간의 추리를 더한 것이지만.

'조세화가 이 일을 알고 있다는 걸 아는 사람은 강하윤뿐이지. 게다가…….'

강하윤은 오늘 나와 점심을 함께하기 전, '어딘가를 다녀왔다.'

'그리고 보아하니 그녀는 오늘 오전 장건후와 만났던 모양이군.'

다만, 그런 것이라면 나에게도 켕긴다면 켕기는 구석이 있었다.

'사실과 조금 다르긴 하지만, 강하윤은 수사를 통해 내가 이 사건의 배후에서 연루하고 있다는 흔적을 찾아냈어.'

또한 '조세화가 알고 있다'고 함은, 그녀가 어제 우리와 헤어진 직후 양상춘이며 강하윤과 만나 현장의 진상을 들었으리란 점까지.

'이거, 한시바삐 오해를 풀지 않으면 피곤해지겠군.'

그런 의미에서 보자면 장건후가 가져온 정보는 나름대로 가치가 있다고 할 수 있었다.

'하지만 그렇다고 예, 예, 하고 넘기긴 내 차 수리비가 아깝지.'

나는 태연한 얼굴로 오렌지 주스를 한 모금 빨았다가 입술을 뗐다.

"실은 제가 오늘 구봉팔 씨를 찾아온 것도 이것과 썩 무관하지 않은 일이어서요."

그러면서 나는 장건후를 보았다.

"그래도 장건후 씨의 노고를 생각해 제 자동차에 뱉은 가래침 세척 비용 정도는 제외해 드리겠습니다."

"……."

이번엔 장건후도 무어라 반박하지 못하고 얼어 있는 걸 보니, 조금 보람이 있다.

"농담입니다. 구봉팔 씨의 얼굴을 봐서, 그리고 다른 곳이 아닌 이곳을 먼저 찾아와 주신 마음을 생각해서라도 수리비는 없던 걸로 하죠."

"……."

물론 그건 내 본심도, 장건후가 바라는 바도 아니다.

나는 다방 입구를 슬쩍 쳐다보았다.

“그러니 지금 이것으로 정산은 마쳤습니다. 장건후 씨는 이대로 일어서서 돌아가셔도 됩니다. 다만, 지금부터는 제가 사건에 대해 아는 이야기를 들려드릴 텐데…….”

나는 소파에 등을 기댔다.

“혹시나 거스름돈이 필요하다면 이 자리에 계속 앉아서 제 이야기를 들어 보시고요. 어떻게 하시겠습니까?”

이제부터는 한배를 타게 될 것이며, 나아가 내 밑으로 들어오게 될 거란 암시를 담아 말했음에도 불구하고.

장건후는 꿈쩍도 하지 않았다.

그는 지금 자신의 인생에 찾아온 기회에 베팅할 준비를 마친 것이다.

‘역시, 어느 정도 담력은 있군.’

나는 그런 그를 내심 쓸 만하다고 여기며 고개를 끄덕였다.

‘물론 어디까지나 쓰다 버릴 말로 생각하면 말이지만.’

그 시각, 광수대로 복귀해 정진건을 도와 서류를 정리하던 강하윤은 핸드폰이 울리자 양해를 구한 뒤 복도로 자리를 피해 전화를 받았다.

“여보세요.”

—아, 선배님. 접니다. 여진환 순경. 혹시 통화 가능하십니까?

불과 몇 시간 전에 만났던 그가 무슨 일로 핸드폰으로 전화를 걸었을까.

강하윤은 그렇게 생각하면서 공연히 머리칼을 매만졌다.

"아, 응. 괜찮아. 무슨 일이니? 파출소에는 잘 들어갔고?"

강하윤은 여진환이 안부차 이성진과 만나서 자신이 그와 만남을 청했단 이야기를 물어보았느냐고 전화를 했거니, 단순히 넘겨짚었으나.

—예, 다름이 아니라…….

사무적으로 이어진 여진환의 이야기를 들으며 강하윤의 표정이 딱딱하게 굳어졌다.

여진환이 전한 말에 의하면 자신이 속한 파출소에 신고가 들어왔고, 하필 신고가 들어온 동네는 장건후의 아지트가 있던 곳이었다.

—주민들 말에 의하면 '깡패 같은 사람'이라고 했다더군요.

그리고 그 '깡패 같은 사람'은 동네 구멍가게에서 전화를 빌려 썼으며, 그 와중 주민들과 한바탕 시비가 붙은 끝에 도망치듯 그곳을 떠났다고 했다.

—가게 주인 말로는 그 사람이 통화를 하면서 형님이 어쨌고 저쨌단 이야기를 했다고 합니다.

"……."

—뭐, 그 자체는 별것 아닌 해프닝으로 끝난 모양이긴 합니다만, 어딘

지 석연치 않아서요.

강하윤이 혹시나 하며 물었다.

"인상착의는? 들어온 거 없어?"

—워낙 과장도 많고 말이 달라 취합하긴 어렵습니다만, 공통적으로 금목걸이 이야기가 나온 걸 보니…….

전화기 너머 여진환은 말을 아꼈지만, 그 말에 강하윤은 반사적으로 그가 팬티 바람에도 차고 있던, 여름 햇살에 반짝이던 장건후의 금목걸이를 떠올렸다.

"여 순경 생각은 어때?"

여진환은 신중하게 대답했다.

—역시 장건후가 움직인 거 같습니다.

"……."

강하윤이 개인적으로 아니었으면 하던 대답이었다.

만일 신고가 들어왔던 거수자의 정체가 장건후였다고 하면, 자신의 방문이 두문불출하던 장건후가 움직일 '계기'가 되었단 것이리라.

강하윤은 그 일이 자신의 책임인 양 생각되어 괜스레 입안이 바싹 마르는 기분이었다.

—일단 윗선에 보고는 드리지 않았습니다만, 선배님은 어떻게 하시겠습니까?

"……."

그녀는 한 차례 한숨을 내쉰 뒤 입을 뗐다.

“선배님께 말씀을 드려 볼게.”

—……알겠습니다. 그러면 추후 새로운 정보가 나오면 또 연락드리겠습니다.

강하윤은 전화를 끊은 뒤, 자리로 돌아와 정진건에게 말을 건넸다.

“선배님, 잠시 괜찮으십니까?”

정진건은 타자를 치느라 수그린 자세를 바로하며 강하윤을 보았다.

“무슨 일이야?”

“저, 그게…….”

강하윤이 목소리를 낮춰 말을 이었다.

“오늘 오전에 외근 나갔던 일로 드릴 말씀이 있습니다.”

강하윤은 정진건에게 여진환을 대동하고서 장건후와 만났던 이야기를 정진건에게 소상히 털어놓았다.

이야기를 듣는 내내 이렇다 할 반응을 보이지 않던 정진건은 강하윤의 이야기가 마무리되자 짧게 고개를 끄덕였다.

“그랬군.”

“죄송합니다. 제가 괜한 일을 하는 바람에…….”

“신경 쓸 거 없어.”

정진건은 덤덤하게 강하윤의 말을 끊었다.

“자네가 장건후를 만나러 갈 거란 것쯤은 이미 예상했고.”

“……예?”

"그도 그럴 것이 자네는 한창 장건후 이야기를 하다가 나가지 않았나? 그래서 그러려니 하고 있었어."

정진건이 말을 이었다.

"그래, 거기서 뭔가 새롭게 알아낸 건 있나?"

"……화내지 않으십니까?"

눈치를 살피는 강하윤에게 정진건은 픽 웃어 보였다.

"화? 내가 화낼 이유가 있나? 자네는 자네 나름대로 일을 한 것뿐인데."

"……."

"그야 엄밀히 따지고 보면 자네의 행동은 절차를 무시한 것이기도 하지만, 보고 체계니 절차니 하는 거 다 생각하면서 움직이면 형사 일은 못 하지. 나는 자네도 슬슬 유연한 사고를 배워야 할 때라고 생각해서 내버려 두기로 한 걸세."

강하윤은 그 말에 어딘지 모를 위화감을 느꼈고, 그녀가 위화감의 정체를 깨닫기 전 정진건이 자세를 고쳐 앉으며 꺼낸 말에 상념은 삽삽이 흩어지고 말았다.

"어쨌건, 장건후가 움직였다고 했나?"

"예……."

"솔직히 말해서 장건후가 뭘 하건 그건 그쪽 문제지, 우리가 신경 쓸 일이 아니야. 설령 그자가 그대로 누군가를 찾아갔다고 한들, 그 정보를 유의미하게 활용할 만한 인물은 손에 꼽을 정도고."

정진건이 턱을 매만졌다.

“굳이 말하자면 이 상황에 그가 기자를 만나지만 않으면 된다고 할 수는 있겠지만 그럴 가능성은 낮아 보이는군.”

“…….”

“그게 아니면, 자네는 이 일이 성진이에게 해가 될 거 같아서 염려하는 건가?”

별것 아닌 양 말하면서도 날카롭게 핵심을 파고든 정진건의 질문에 강하윤은 속이 뜨끔했다.

“그렇지 않습니다.”

“그러면 신경 쓰지 말게.”

그렇게 말한 정진건은 다시 컴퓨터를 향해 몸을 돌렸고, 그런 정진건의 태도에 강하윤은 되레 당황했다.

이제 그녀는 방금 전 정진건의 태도에서 느꼈던 위화감의 정체를 어렴풋하게 깨달았다.

강하윤이 느끼기에 정진건의 모습은 어딘지 모르게 예전과 다르다 못해 그녀가 오가며 스치듯 본 은퇴를 앞두고 열정을 잃어버린 나이 든 경찰들에게서나 볼 법한 것이란 생각이 든 것이다.

고민하던 강하윤은 망설임 끝에 다시 입을 뗐다.

“저, 선배님.”

“뭔가.”

고개도 돌리지 않고 대답하는 정진건의 옆얼굴을 향해 강하윤이 말을 이었다.

"선배님께서는 이 사건을 어떻게 보고 계십니까?"

그제야 정진건이 고개를 돌려 다시 강하윤을 보았다.

"이 사건?"

"그러니까, 조광이 얽힌 이 모든 일…… 말입니다."

정진건은 한동안 입을 다문 채 강하윤을 보다가 담담하게 대답했다.

"이번 사건 말이라면, 이만하면 경찰로서 해야 할 일은 다 했다고 생각하네."

"……예?"

"물론 아직 끝나지 않은 서류 작업이 산더미이긴 하지만."

"……."

정진건이 모처럼 던진 농담에도 강하윤은 웃지 않았다.

결국 정진건은 한숨을 내쉬며 의자에 등을 붙였다.

"강 형사."

"예."

정진건이 강하윤을 물끄러미 쳐다보았다.

"자네, 혹시 형사가 적성에 맞지 않는 건 아닌가?"

그 말에 강하윤은 지레 인상을 찌푸릴 뻔한 걸 간신히 참아냈다.

"실례지만 선배님, 그게 대체 무슨 말씀이십니까?"

"오해하지 말고 들어. 나는 자네가 열정을 쏟아 일 하는 자체는 높이 사고 있네. 하지만."

정진건이 잠시 뜸을 들였다가 말을 이었다.

"이 일이 워낙 시끄러운 사건이다 보니 지금은 위에서도 편의를 봐주고 있지만, 그것도 이제 곧 끝나겠지. 원래라면 우리는 하루에도 수십 개씩 업무를 맡아야 정상이야."

"……."

"그런데 어느 한 가지 일에만 매달려선 누군가는 자네가 해야 할 일을 대신 처리해야 해."

정진건의 말은 과장이 아니었다.

지금처럼 광수대에 임시 배속되기 전, 그녀가 속했던 강력계 형사 사무실은 시도 때도 없이 전화벨이 울려 댔고, 선배 경찰들은 책상 가득 서류를 쌓아 둔 채 통화가 끝나면 그다음 전화를 이어 받아 가며 쉴 새 없이 일을 했다.

그런 의미에서 강하윤은 배속된 지 얼마 지나지 않아 정진건을 따라서 광수대에 배속되는 바람에 쏟아지는 업무를 제대로 체험하지 못했고, 심지어 정진건은 강하윤이 지금보다 더 신출내기 시절에 현장을 데리고 돌아다니느라 그런 경험을 겪게 해 보지 못한 것을 후회하는 눈치였다.

"때로는 적당히 타협할 줄도 알아야 하네. 대한민국 땅에는 지금도 경찰이 필요한 일이 끊이지 않고 있는 데다, 한 가지 일에 매달리느라 다른 일을 놓치면 본말전도지."

어떤 일이건 시간과 정성을 들이면 어느 정도 기준점을 만

족하기 마련이지만, 경찰에겐 해당하지 않는 이야기였다.

대한민국 경찰의 시민 응대가 불친절하다고 악명이 높은 건, 그들이 겪고 있는 과중한 업무의 영향도 배제할 수 없다.

그렇다고 해서 봉급이 높은 것도 아니었고, 언제 무슨 일로 순직할지 모를 현장 업무와 접해 있는 데다가 정시 퇴근도 보장되지 않는다.

그나마 있는 '악인을 벌하고 시민들을 지킨다'고 하는 보람조차도, 가족들이 검거한 범인에게서 걸려 온 협박 전화라도 받고 나면 직업에 대한 회의감이 물밀듯 밀려 들어오는 것이다.

아직 신참 딱지를 떼지 못한 강하윤 역시도 그런 걸 모르지 않았고, 그런 그녀를 지탱하고 있는 긍지며 의식은 그녀가 롤모델로 삼고 있던 정진건에 의해 지금, 산산이 부서지는 중이었다.

그렇다고 해서, 설령 '타협'이라는 말을 고른 그의 어휘 감각에는 문제점을 지적할 수 있을지언정 정진건의 말이 틀리지 않았다는 것이 강하윤을 더 괴롭게 했다.

경찰 업무란 결국, 언젠가 이성진이 그녀에게 말한 '선택과 집중'이 필요했다.

시간이란 재화는 한정되어 있고, 공무원이라는 입장상 최대 다수의 최대 행복이라는 공리주의적 입장을 견지해야 한다는 것도 잘 알았다.

'하지만, 그렇다고 해서…….'

어쩌면 두 눈 버젓이 뜨고 거리를 돌아다니고 있을지 모를 '유령'이 건재해 있을지도 모르는 상황에 그녀는 차마 이 일을 그럴싸한 합리화와 타협으로 포장하고 싶지가 않았다.

'하신 말씀이 틀린 말은 아니지만, 선배님이 얼마 전까지만 하더라도 이렇지 않았는데.'

콕 짚어 말로 표현하기는 어렵지만, 정진건은 그래도 내면에 '열정'이라 부를 만한 것이 있었다.

누구인들 경력과 연륜이 쌓인 베테랑이 되어서까지 그런 열정을 품고 있기란 쉽지 않다.

그렇기에 정진건은 비슷한 경력의 남들과 달리 보였고, 더더욱 존경할 만한 버디였다.

하지만 정진건은 깨닫고 보니 지금처럼 변해 있었다.

정진건에게 찾아온 심경의 변화란 가랑비에 옷 젖어 들듯 점진적으로 찾아오던 것이, 누군가 문득 계절의 변화를 체감하듯 깨닫고 보니 이미 예전과 다른 인물이 되어 있는 것이다.

사실 강하윤이 그런 정진건의 변화에 위화감을 눈치챈 건, 얼마 전 양상춘과 만났을 때부터였다.

그는 이번 사건의 진상을 파헤치려 하는 양상춘에게 언짢은 심경을 노골적으로 드러냈고, 이는 강하윤으로 하여금 '정진건이 변했다'는 걸 깨닫게 하는 계기로 작용했다.

그처럼 아마, 계기가 된 것은 배성준이었을 것이다.

아무래도 정진건은 배성준 형사의 순직 이후, 아직껏 그를 자신에 비춰 보고 있는 듯했다.

배성준과 정진건은 부서는 다를지 모르지만 경찰이 된 시기며 환경이 비슷했다.

그와 배성준의 차이는 어디까지나 '운'의 차이였다.

배성준에게는 아내의 병환부터 시작해 연거푸 불행이 겹쳤고, 검은돈의 유혹을 뿌리치지 못했다.

그 배성준의 형사 커리어 중 그나마 잘 포장된 것이 지금의 순직이라는 결말로, 그조차 강하윤이 수사를 이어 갈수록 위태로운 일이 되어 갔다.

정진건은 어쩌면, 배성준과 자신을 겹쳐 보며 그 또한 같은 상황에 처했더라면 배성준이 택한 길을 걸었으리라 생각하는 모양이었다.

'이대로 예전의 선배님으로 돌아오지 않으면 어떡하지.'

어쩌면, 정진건은 심경의 변화 없이 자신에게 찾아온 현상을 이대로 자연스럽게 받아들인 채 경찰 경력을 끝내게 될지도 모른다.

그러니 만큼 열정만으론 이 일을 할 수 없다.

열정이란 동력은 시나브로 닳아 가다 관성만 남게 되는 몹쓸 것이고, 언젠간 그런 열정 없이도 실력을 검증해야 할 때가 온다.

강하윤은 문득 그녀 자신도 언젠가는 지금의 정진건처럼 텅 비고 말지도 모른단 미래가 언뜻 보인 듯했고, 그럴수록 강하윤은 그런 자신의 생각을 한사코 뿌리치려 애쓰고 있었다.

정진건은 아랫입술을 꾹 깨문 강하윤을 가만히 쳐다보다가 다시 고개를 돌렸다.

"아무튼 사건은 해결되었네. 이후는 검사들이 법정에서 누군가의 죄를 증명하거나 서류로 남길 일만 남았어."

"……."

"우리도 위에서 별다른 지시가 내려오지 않는 한은 경찰로서 업무는 종료된 셈이지. 이제부턴 나도 자네가 해야 할 일을 하게 할 생각이야."

"……예."

"다만……."

정진건이 흘리듯 말을 이었다.

"자네가 자네의 개인 시간을 어떻게 사용하는지까진 직장 상사로서 관여할 수 없겠지."

"……예?"

"누가 되었건 사생활은 존중받아야 하는 법 아니겠나. 자네가 퇴근 이후 누굴 만나건 그런 문제는 내가 신경 쓸 바가 아니니까."

거기까지 말한 정진건은 '여기서 이야기는 끝'이라는 듯 작업 중인 서류를 다시 집어 들었다.

"알아들었으면 이제부터 좀 도와주게. 아무래도 타자 치는 일은 영 익숙해지질 않는군."

그래.

때마침 강하윤에게는 훌륭한 조력자가 있었다.

'양상춘 박사를 만나야 해.'

그녀에게만큼은 이번 사건도 아직 끝난 것이 아니다.

언젠가는 그녀 자신도 내면의 열정이라는 동력이 닳아 없어질 날이 찾아올지도 모르지만, 그런 건 지금 생각할 문제가 아니었다.

그러면서 강하윤은 오늘 있었던 일을 그에게 알릴 '의무'가 있다고 생각했다.

2장

다방을 나서며 구봉팔이 말했다.

"회사까진 제가 직접 바래다드리겠습니다."

구봉팔의 배려는 고마웠지만, 나는 고개를 저었다.

"아니에요. 택시 타고 가면 금방인데요, 뭘."

장건후가 사이드미러만 부수지 않았다면 그런대로 타고 다닐 만했겠지만, 이 상태로 운전했다간 위험할 뿐만 아니라 도로교통법 위반일 테니까.

그걸 아는 모양인지 장건후는 내 앞에서 고개를 들지 못했고, 나는 그런 장건후에게 미소를 지어 보였다.

"그럼 장건후 씨, 앞으로 잘 부탁드리겠습니다."

"예, 사장님!"

대답 한번 힘차군.

이제 구봉팔 아래로 들어가게 된 장건후는 얼마 전까지의 모습은 찾아볼 수 없을 만큼 고분고분해졌다.

'발 뻗고 누워도 될 자리가 어딘지는 아는 놈이군.'

뭐, 지금 상황에 누구 편에 붙으면 자신에게 이득이 될지 알게 된 이상 당연한 일이긴 하지만.

그래서인지 바깥에서 대기하고 있던 강이찬은 내가 무슨 마술을 부린 건지 모르겠단 얼굴로 나와 장건후를 번갈아 보고 있었다.

"강이찬 씨, 저희는 택시를 타고 돌아가죠."

"예. 잡아 두겠습니다."

강이찬은 곧장 택시를 부르러 자리를 떴고, 나는 그 모습을 지켜보다가 구봉팔을 향해 말했다.

"일이 그렇게 됐으니, 당분간은 구봉팔 씨가 재단을 맡아 주세요. 관련한 사안은 일이 일단락된 후에 논의하도록 합시다."

"예, 알겠습니다."

나는 강이찬이며 구봉팔의 부하들이 자리를 비운 사이 그들에게 조설훈의 죽음에 얽힌 진상과 내가 앞으로 할 일에 대해 이야기해 주었다.

이야기를 이어 가는 동안 구봉팔과 장건후는 아연실색했다가, 고개를 주억거렸다가, 마침내 내 진의를 알고선 손을

잡기로 한 것이다.

'뭐, 그건 저들에게도 결코 나쁜 이야기는 아닐 테니까.'

특히 구봉팔의 경우, 대놓고 티를 내지는 않았지만 조설훈의 죽음이 나와 무관하다는 것에서 안도하는 기색이었다.

정말이지, 사람을 뭐로 보고.

"도착했군요."

머지않아 강이찬이 개인택시를 붙잡았고 나는 떠나기 전 마지막으로 구봉팔을 보았다.

"그러면 이만 가 보겠습니다."

"예, 사장님 차는 제가 책임지고 수리해 두겠습니다."

그 말에 나는 쓴웃음을 지었다.

"영수증 챙겨 두세요. 그런 약속이었으니까요."

"……예. 살펴 가십시오."

나는 구봉팔 패거리에게 손을 흔들어 준 뒤, 강이찬이 열어 준 택시 뒷좌석에 올라탔다.

택시 기사는 건장한 청년이 잘 차려입은 초등학생의 의전을 수행하는 모습에 호기심이 이는 눈치였지만, 누가 보아도 조폭 같은(딱히 틀린 생각은 아니지만) 사람들이 허리를 굽혀 나를 배웅하는 걸 보곤 그 섣부른 호기심을 접어 두는 눈치였다.

"어디로 모실까요?"

조수석에 올라탄 강이찬이 대신 대답했다.

"분당 SJ컴퍼니 사옥 앞으로 가 주십시오."

"어…… 거기가 어딥니까?"

"이대로 쭉 길을 따라서……."

내비게이션이 없는 시대, 택시 기사는 인간 내비가 되어 준 강이찬의 지시를 따라 차를 몰았고, 나는 그 두런두런한 말소리를 들으며 의자에 등을 파묻었다.

'그들 앞에서는 대놓고 말하지 않았지만, 오늘 장건후가 찾아와 준 걸 감사해야겠군.'

솔직히 오늘 구봉팔을 찾아와 그와 사무실에서 독대할 때만 하더라도 나는 구봉팔을 어떻게 끌어들여야 좋을지 고심했다.

구봉팔은 이미 내 손을 떠나갔고, 더 이상 그가 나와 손잡을 까닭은 사라지고 없는 상황에 심지어 그는 나를 경계하고 있었다.

그래서 나도 처음엔 그의 오해를 이용해 볼 생각으로 그 앞에서 쓸모없어진 가면을 벗어 던지며 당근과 채찍을 쓸 계획이었으나.

'나에 대한 구봉팔의 오해도 내가 의도한 건 아니었지만, 어쨌건 공포로 사람을 통제하는 것보단 상대가 이익을 따라 움직이게 하는 편이 더 신뢰가 가지.'

그것도 장건후가 찾아와 행패를 부려 준 덕에 나는 채찍의 사용을 줄일 수 있었다.

장건후의 방문과 행패, 그가 가진 정보는 구봉팔과 나 사

이에 유화제로 작용했고, 나 또한 그가 가지고 온 '경찰 수사 내용' 및 '나를 의심하고 있는 경찰의 정황'을 이용해서 '나 또한 그들과 한배를 타야 할 상황'임을 역설했다.

'겸사겸사 내가 조설훈의 죽음에 관여했을지도 모른단 구봉팔의 가당찮은 오해도 풀어낼 수 있었고 말이야.'

이는 따지고 보면 전예은이 내게 들려준, 조설훈의 미심쩍은 죽음에 대한 양상춘의 그럴듯한 추리와 내 완벽한 알리바이가 겹쳐 작용했기에 가능한 일이기도 했다.

만일 내가 거기서 '경찰의 수사 기록'만을 가지고 나의 무죄를 주장하려고 했다면, 그건 그것대로 쉽지 않았을 터.

하지만 양상춘이 알아서 판을 잘 깔아 준 덕분에 나는 조설훈의 죽음에 얽힌 미스터리를 그들 앞에서 풀어내면서 이 사건에 내가 연루되어 있지 않음은 물론이거니와 우리가 조광 앞에 닥친 위기를 잘 이용해 낼 수 있으리란 암시를 던져 줄 수 있었다.

그러면서 나는 구봉팔에게 장건후를 써 보는 건 어떻겠냔 은근한 암시를 던져 주었고, 구봉팔도 내켜 하며 내 제안을 수락했다.

구봉팔이 그를 자신 아래에 들이기로 하는 걸 보니, 장건후는 내가 파악한 것 이상으로 쓸모가 있는 모양이었지만, 그건 내가 상관할 바가 아니었다.

'장건후는 장건후대로, 이제는 비빌 언덕이 생겼으니 지금

처럼 이익이 보장되는 이상 나나 구봉팔을 배신하지는 않을 거야.'

장건후도 지금 와서 다른 파벌—이를테면 조설훈의 잔당이나 조지훈의 잔당 같은—에 붙어 볼 생각은 하지 않을 것이다.

그도 그럴 것이, 조설훈이나 조지훈, 양측 모두가 서로의 죽음에 대해 리스크를 안고 있었다.

조설훈에게는 조지훈을 살해했다는 진짜 사유가 알려지면 그 파벌의 발목을 잡을 것이고, 조지훈은 조지훈대로 이대로 진상이 알려지는 일 없이 언젠가 엠바고가 풀려 보도가 나갈 경우, 조설훈을 계획 살해하였단 경찰 수사 결과 그대로의 내용이 전파를 타고 세상에 나가게 된다.

'그럴 바엔 차라리 중립지대이자 제3의 파벌인 조세화 측에 붙는 것이 여러모로 안전하지. 게다가 이대로 계획대로만 흘러간다면 어디 한자리 차지하는 건 보장된 셈이기도 하고.'

그런 의미에서 나는 이익을 도외시하고 의리를 내세우는 부류를 신뢰하지 않는 편이었다.

자고로 남들 앞에서 돈 욕심이 없다고 떠드는 인간만큼 돈에 환장하는 자들도 없는 법이기도 하니까.

'……어쨌건 꿈 많은 초등학생이 할 법한 소린 아니군.'

나는 가슴속 깊숙한 곳에서 올라오는 쓴웃음을 내리누르

며 도로를 보았다.

'어쨌거나 구봉팔을 끌어들이는 것도 일단락됐으니, 당분간은 조광 그룹이 어떻게 흘러가게 될지 추이를 지켜봐야겠어.'

나는 나대로, 이휘철이 수행할 계획의 포석을 깔아 두는 일을 해야만 하겠지만.

'그런 의미에서 조세화랑도 한번 연락을 해 봐야겠군.'

다만, 지금은 그녀가 양상춘의 말에 넘어가 부친을 살해하거나 교사한 혐의를 두고 있을지도 모르니 조심스럽게 접근할 필요는 있었다.

'그러니 강하윤이 되도록 빨리 내 알리바이를 주장하고 나서 주면 좋겠는데.'

내 무죄를 강변하기 위해 남의 손을 빌려야만 한다는 건, 언제고 기분 좋은 일은 아니었다.

'차라리 양상춘과 나, 조세화 셋이서 삼자대면하는 자리를 만들어 볼 수는 없을까.'

그건 어렵겠지.

다른 사람이면 모를까, 고작 얼마 전에 스치듯 만났을 뿐인 양상춘과 나는 서로가 만날 명분이 없다.

'패킷몬을 좋아하는 모양이던데, 그걸로 엮어 볼 수는 없으려나.'

거기까지 생각한 나는 나도 모르게 픽 웃고 말았다.

'나도 참 어림도 없는 생각을 다 하는군.'

여진환 순경이라는 사람처럼 저쪽이 먼저 나를 만나고자 하는 것이 아니라면, 내가 먼저 나서는 일 자체가 저들에게 위화감을 안겨 줄 일이었다.

'……그러고 보니 여진환 순경이란 인물에 대해서도 조금 뒷조사를 해 봐야겠어.'

장건후는 이후 내 유도신문에 넘어가 자신을 찾아온 것이 강하윤과 여진환이었음을 밝히며 '분부만 하시면 처리해 보겠습니다'라고 한 걸 기겁하며 말렸다.

'씁, 이래서 깡패 새끼는.'

하지만 나도 여진환이란 사람이 마냥 범상한 인물은 아닐 것이란 나름의 촉이 발동했기에, 그에 대해선 상세히 알아본 다음 연락을 넣어 볼 생각이다.

그리고 그런 일엔 이런, 음지에 한 발을 걸친 부류가 제격이고.

'이런 합법적이지 않은 뒷조사에 언제까지고 비밀유지조항에 기대어 유상훈 변호사를 이용할 수만도 없으니까.'

뭐가 됐든 간에 그건 이용하기 나름인 것이다.

이윽고 택시가 목적지에 도착했고, 나는 지갑을 꺼내 택시비를 치렀다.

"잔돈은 됐어요."

"어이쿠, 감사합니다!"

내게 몸을 꾸벅 숙여 가며 인사하는 택시 기사를 뒤로하고 우리는 택시에서 내려 SJ컴퍼니 사옥 빌딩 앞에 섰다.

"자, 그럼."

나는 몸을 돌려 강이찬을 보았다.

"오늘은 더 이상 차 쓸 일이 없을 거 같으니까, 강이찬 씨는 이만 퇴근해 보세요."

바람직한 직장 상사란 정시 퇴근을 보장해 주는 상사고, 최고의 상사는 조기 퇴근을 권하는 법이라 했다.

"……예."

나도 강이찬이 눈물을 펑펑 쏟으며 내게 감사할 거라고는 생각하지 않았지만, 어째, 강이찬의 표정은 내 말을 그리 반기는 기색이 아니었다.

'반차를 깎겠단 말도 안 했는데.'

생각하는 사이, 주위를 살피던 강이찬이 입을 뗐다.

"사장님, 주제넘지만 한 말씀 올려도 되겠습니까?"

조금 딱딱한 말투였지만, 나는 미소 띤 얼굴로 고개를 끄덕여 주었다.

"얼마든지요."

솔직히, 오늘 있었던 일은 내 경호를 겸하는 강이찬 입장에선 다소 위태로울 만치 나 스스로가 위험을 자처하긴 했으니까.

"예. 그러면……."

강이찬은 잠시 뜸을 들였다가 말을 이었다.

"저는 사장님께서 되도록 그런 부류와 엮이지 않았으면 하고 바랍니다."

"……."

정작 강이찬의 입에서 나온 말은 장건후에게 공연히 시비를 건 나를 힐난하려는 것이 아닌, 좀 더 본질적인 것이었다.

그나저나 그런 부류라.

'깡패들 말하는 건가.'

나는 대답을 기다리는 강이찬에게 고개를 끄덕여 보였다.

"알겠습니다. 되도록 오늘 같은 일이 생기지 않게 하죠. 앞으론 만나더라도 공개된 장소에서……."

"경호 문제 때문이 아닙니다."

내 말을 끊어 낸 강이찬이 말을 이었다.

"그런 부류는 믿어서도, 신뢰해서도 안 되는 자들이기 때문입니다."

강이찬의 말 밑바닥에는 근원적인 적의 같은 것이 묻어 있어서, 나는 순간적으로 반박할 말을 떠올리지 못했다.

'어쨌건 경호가 힘들어져서라는 이유는 아닌 모양이긴 하지만.'

나는 잠시 생각하다가 강이찬에게 물었다.

"강이찬 씨가 보시기엔 구봉팔 씨도 그런 부류인가요?"

"……경계는 하고 있습니다."

흠.

'아무래도 개인적인 이유 때문인 거 같은데.'

하긴, 생각해 보면 강이찬은 예전부터 구봉팔에게 노골적인 적의를 감추지 않았고, 이는 때때로 개인의 선입견을 넘어 과하다는 생각이 들 때도 왕왕 있었던 터였다.

'예전에 깡패와 엮여서 안 좋은 꼴을 보기라도 했나?'

어쩌면 전예은이라면 알지도 모르겠군.

나는 일단 고개를 끄덕였다.

"가능한 한 선처하도록 하죠."

"……실례했습니다."

나는 생각난 김에 덧붙였다.

"아, 그리고 앞으로는 주제넘는단 식의 생각은 하지 마세요. 제가 언젠가 강이찬 씨에게 말한 적 있죠?"

내 말에 강이찬은 잠시 멀뚱멀뚱 나를 쳐다보다가 되물었다.

"예전에 말씀하신…… '논의' 말씀이십니까?"

"예. 기억하고 계시는군요."

나는 일부러 꾸민 담담한 어조로 말을 이었다.

"그러니 앞으로도 하실 말씀이 있다면 제게 부담 없이 조언하고 말씀해 주세요."

그러면서 나는 덧붙였다.

"물론 판단하고 결정하는 건 어디까지나 저이지만 말이에요."

강이찬은 나를 물끄러미 바라보다가 고개를 숙였다.

"예. 실례했습니다."

나는 고개를 끄덕인 뒤, 다시 어조를 바꿔 말했다.

"오늘 하루 수고하셨어요. 그럼."

나는 자리에 선 채로 있는 강이찬을 뒤로하고 곧장 정문으로 들어가 엘리베이터 버튼을 눌렀다.

'나도 예전 같으면 주제넘게 나서는 강이찬을 불쾌해했겠지만, 그를 믿어도 좋다는 전예은의 말을 들어서 그런 건가, 꽤 관대하게 넘어갔군.'

이번 생 들어 나름대로 성장한 것인지, 아니면 나도 새삼 주위의 영향을 받고 있는 것인지는 모르겠지만.

'강이찬이 굳이 꺼내기 힘든 말을 내게 한 건, 그 나름의 충심인 거니까.'

그렇게 생각하니 나도 썩 나쁜 기분은 들지 않았다.

회사로 돌아왔더니, 그사이 업무를 마치고 복귀한 전예은이 입구에서 나를 반겨 주었다.

"오셨습니까, 사장님."

"네. 예은 씨도 잘 다녀오셨어요?"

전예은은 미소 띤 얼굴로 고개를 끄덕였다.

"예. 새로 발급해 주신 차 승차감이 좋더라고요. 그래서인지는 몰라도 다들 기뻐하는 눈치였어요."

이제는 SBY도 슬슬 지방 순회 콘서트도 준비해야 할 테니, 큰마음 먹고 뽑아 준 값은 물론 조만간 회수할 수 있을 것이다.

"좋았다니 다행이네요."

"네. 사장실에 들어가실 예정이면 차를 올릴까요?"

"아뇨, 오늘은 괜찮습니다."

오늘따라 뭘 워낙 많이 먹고 마셔서, 이미 배가 가득 찼다.

"그런데 비서실장님은요?"

"아, 네. 잠시 재단 업무로 자리를 비우셔서 저와 교대한 참입니다."

그게 과연 재단 업무일지, 재단 이사장인 이남진과 연애놀음일지는 모르겠지만, 윤선희는 오늘따라 기분이 부쩍 좋을 터이니 설령 후자가 목적일지라도 넘어가 주기로 했다.

뭐, 윤선희 성격에 공과 사를 구분하지 못할 사람이 아니긴 하지만.

'그나저나 마침 짬이 났으니, 이 기회에 강이찬에 대해 좀 물어볼까.'

그렇게 생각한 찰나, 마침 따르릉 하고 전예은의 자리에 전화벨 소리가 울려서, 나는 하려던 말을 관뒀다.

"전화가 왔군요. 그러면 계속 일 보세요."

"네, 사장님."

나는 눈인사로 작별을 고한 뒤 곧장 사장실로 들어와 책상 앞에 앉아 비밀번호를 입력해 윈도우 화면 보호기를 해제했다.

어쨌건, 지금 내가 할 수 있는 건 기다리는 일뿐만은 아니었다.

'이미 내 결재가 필요한 서류가 산더미지.'

특히 요 며칠간은 회사에 붙어 있었던 시간이 적었던 탓인지 안 그래도 많은 일이 더 많이 쌓였다.

'MP3 플레이어 후속 모델도 생각해 봐야 하고, 서명희가 보낸 클램 차기 모델 디자인 안건도 살펴봐야 하니…….'

사실, 이걸 두고 반사이익이라고 해야 할지는 모르겠으나.

모토로라와의 디자인 특허 소송 전으로 해외에 이름을 알리기 시작한 우리의 모회사, 대삼광전자 측은 클램과 더불어 MP3 플레이어의 존재까지 해외에 각인시켰다.

하긴, 실제 전생에도 애플의 아이팟이 나오기 전까진 국내 MP3 플레이어 기기가 국제적으로 호평을 받았으니 그 자체가 새삼스러운 일은 아니지만, 그래도 '시기가 빠르다'고 생각은 하고 있다.

'글로벌 대기업들이 MP3 플레이어가 먹음직스러운 상품

이란 걸 눈치채기 시작했어.'

당초 내 계획은 각종 전자기기가 쏟아지던 2000년대 초중반까지 단물을 빨아먹다가 적당한 값에 팔아 치우는 것이었다.

'그러니 벌써부터 여기에 주목하기 시작하면 경쟁자만 늘리는 꼴이 될 테니 조금 곤란한데.'

그것도 어찌 보면 내가 자초한 일이기는 하다만.

한때나마 시대를 풍미한 MP3 플레이어는 인터넷의 보급으로 주목받기 시작한 MP3 파일을 재생하는 휴대용 음악기기로 각광받았으나, 애석하게도 스마트폰이 출시되고 나서부터 존재 가치를 상실하기 시작하며, 그 결과 짧은 전성기의 막을 내렸다.

그렇다고 해서 내가 MP3 플레이어의 가치를 짧은 유행의 산물이라든가 잠깐 단물만 빨아먹다 버릴 상품 취급하는 것은 아니다.

조금 과장을 보태 MP3 플레이어는 그 몰락의 단초를 제공한 스마트폰이 개발될 수 있는 기초 토양을 마련했고, 나아가 음반 산업 전체에도 변화를 불러일으켰다.

이후 사람들의 수요가 늘어 가며 이는 빌 게이츠가 예언한 하드웨어의 성능 한계까지 까마득하게 초월하는 단초를 제공, 기업들로 하여금 작고 가벼운 메모리 칩셋 개발에도 박차를 가하게 만들었다.

'생각해 보면 스마트폰이 나오기 직전까진 참신한 하드웨어 조작기가 봇물처럼 쏟아졌군.'

2000년대 초에서 중반, 스마트폰이 나오기 직전까지 전자기기는 크기, 사용성, 기능 측면에서 실로 아방가르드한 제품들을 쏟아 내며 제품 디자인의 전성기를 불러일으켰다.

그것도 스마트폰이 출시되고 나서부턴 터치스크린 조작 방식이 보편, 상식적인 것이 되고 하드웨어적 특성 및 조작은 최대한 간소하게 바뀌고 말았지만.

'개인적으론 그게 어디까지 갈 수 있을지 보고 싶단 바람도 있긴 했어.'

이후 스마트폰은 MP3를 비롯하여, 아주 짧은 시간 반짝한 전자사전까지 모든 전자 기기를 집어삼키며 외형 디자인의 보편화를 불러왔다.

'어쨌거나 한동안 이걸로 할 수 있는 건 다 해 봐야겠지.'

나는 신규 MP3 플레이어 도안을 보내온 이모 서명희의 메일에 '주머니 안에서 한 손으로도 조작이 가능한 디자인을 권장'한다는 내용의 글귀를 써 넣은 뒤 메일을 보냈다.

'그 외에 별다른 일은…….”

내가 다음 메일을 확인하려고 할 때, 똑똑, 하고 사장실 문을 두드리는 노크 소리가 들렸다.

“예, 들어오세요.”

달각 문을 열고 들어온 전예은이 내게 보고를 올렸다.

"저…… 사장님, 입구에 손님이 찾아오셨습니다."

"손님요?"

나는 오늘따라 '손님'의 방문이 잦다고 생각하며 물었다.

"누구십니까?"

"아, 예. 그게……."

전예은은 전에 없이 유독 우물쭈물하며 대답했다.

"……최갑철 의원님의 비서라고 합니다."

최갑철?

나로서는 전혀 예상도 하지 못한 인물이었다.

'솔직히 말하면 운락정 때 만났던 이후 거의 신경을 끊고 살았지.'

이번 생 들어서 내가 성수대교며 삼풍백화점 붕괴라는 국가적 재난을 막아 낸 덕인지, 현 여당의 평가는 전생과 달리 썩 나쁘지 않은 편이었다.

'얼마 전 총선에서도 여론은 여당의 참패라 분석하는 모양이지만, 그것도 전생의 개표 결과를 알고 있는 내 기준에선 엄살이야.'

그런 내 기준과 달리, 반면 최갑철은 까놓고 말해서, 현재 위기였다.

그가 박상대의 예비 장인이었다는 사실은 지금 전 국민이 아는 사실로, 더욱이 박상대는 정치에 관심이 없는 계층에게도 자극적인 드라마에나 나올 법한 인물로 잘 알려진 바.

야당은 그런 최갑철을 향해 '인물을 볼 줄 모른다'며 공세를 펼쳐 댔고, 박상대를 사위로 들일 뻔한 최갑철은 그 여론전에 대응하지 않고 몸을 낮추는 중이었다.

'그러니 지금 최갑철은 제 코가 석 자일 터.'

하물며 최갑철이 내 인생에 다시 끼어들 것이라고는 생각도 못한 일이었다.

전생의 최갑철은 그 개인만 놓고 본다면 대한민국 정치사에 문민정부의 여당 대표로서 굵직한 업적을 남긴 인물이다.

이 시대 현 대통령의 치적에 대해선 내가 살았던 근 미래에도 공과 사가 공존하고 있었으나 그 정치력만큼은 알아주는 편이었고, 그런 대통령의 곁을 여당 대표로서 지키며 보좌한 최갑철 또한 '원로'이자 '어르신'으로서 평가가 후했다.

다만 그것도 어디까지나 최갑철이라고 하는 정치인 개인사만을 놓고 평가했을 때의 일이고, 정치사 전체의 입장에서는 소위 '구태'라 불리는 보수당의 공천 시스템과 지역 편향 구도란 그림자를 만들어 낸 인물로 그 평가가 박했다.

'특히 내 경우에는 최갑철이 무명 신인 박상대를 발굴해 그에게 힘을 실어 주었단 점에서 더더욱 평가가 박하지.'

아무튼 간에 최갑철 입장에서는 이미 나를 건드려 봐야 좋은 꼴을 보지 못한다는 선례를 남긴 뒤여서, 그런 그가 이제 와서 다시 나를 만나고자 한단 이야기엔 나도 모르게 고개를 갸웃할 만큼 아리송했다.

'설령 나에게 보복을 하려고 한다면, 그건 조준을 잘못 했다는 생각이 드는데.'

짧게 생각을 마친 나는 전예은에게 물었다.

"지금은요?"

"잠시 입구에서 기다려 달라고 로비에 요청해 두었습니다."

"……그렇습니까."

그래도 현 여당 총수가 사람을 보낸 걸 무시하거나 문전박대하는 건 내게도 득 될 일은 아니었기에 나는 하는 수 없이 타협을 보기로 했다.

"알겠습니다. 로비로 내려가죠. 전예은 씨는 제 이름으로 외부 회의실을 예약해 주세요."

나는 김민혁이며 이휘철 같은 회사 내 관계자들에게는 사장실을 내주어 면담을 하고 있지만, 그 외의 만남이 내키지 않는 외부인들에겐 일부러 마련해 둔 외부 회의실을 대여해 만나고 있었다.

"아…… 예. 알겠습니다."

전예은은 그녀도 알 정도인 거물 정치인의 비서가 나를 찾아왔다는 것에 의아함과 불안감, 그리고 약간의 호기심을 느낀 모양이었지만, 여기에는 오히려 그런 그녀이니 나는 더더욱 최갑철과 그 관계자를 전예은과 마주하게 해선 안 될 거란 계산도 작용했다.

'나를 신뢰해 가는 중인 전예은에게 굳이 내 어두운 면을 보여 줘 긁어 부스럼을 만들 필요는 없지.'

나는 전예은이 물러나고 얼마 지나지 않아 곧장 엘리베이터로 향했다.

'되도록 정치 쪽이랑은 연루되고 싶지 않았는데.'

만약 이 생애가 내가 알고 있던 미래대로 흘러간다면 누구에게 붙고 누구를 멀리하면 좋을지 알고 있는 내게 이 이상 없는 비선실세 노릇도 하게 할 수 있겠으나.

정치인이라는 부류만큼 겉과 속이 다른 직업(?)은 사기꾼 정도가 유일하다.

'그야말로 어제의 적이 오늘의 동지, 오늘의 동지는 내일의 적으로 만들어 버리는 판이지.'

거기에는 이성적으로는 납득하기 힘든 감정적 요인도 개입되기도 일쑤고, 감정적 요인이 앞서 있는가 하면 그 뒤에는 각종 합작과 노림수가 판을 치기도 했다.

'그러니 똥은 가까이하지 말고 멀리해야 군자의 면모라 할 수 있는 건데.'

암만 기업인 입장에선 그냥 얌전히 삥이나 뜯기며 규제 완화나 해 주는 쪽에 줄을 서면 그만이라지만, 그렇다고 그들과 따로 만나 이야기를 나누길 바라는 건 아니었다.

'다만 나도 그쪽에 한 게 있으니, 뭔가 요구해 온다면 적당

한 자리에 감투나 씌워 주지 뭐.'

선을 넘는 요구를 해 오면 이휘철에게 일러바치면 그만이고.

한숨을 내쉬며 로비로 나갔더니, 어디선가 본 적이 있는 듬직한 풍채의 사내가 망부석처럼 서 있는 모습이 내 눈에 들어왔다.

'……저 사람은.'

내가 먼저 아는 체를 하기도 전에 그가 멀리서부터 내게 묵례했다.

내가 다가가니 그가 입을 뗐다.

"처음 뵙겠습니다. 이성진 사장님. 최갑철 총수님의 비서인 신정현이라고 합니다."

그렇게 말하면서 그는 마치 신분증이라도 되는 양 내게 사무적이고 공손하게 두 손으로 명함을 건넸다.

나는 그와 명함을 교환하며 미소를 지었다.

"사실, 엄밀히 말해 초면은 아닙니다만."

나는 그렇게 말하며 명함을 품에 넣었다.

"저번에 운락정에서 뵈었으니까요."

그는 운락정에서 내가 처음이자 마지막으로 최갑철을 만났던 날, 별채 구석에 방석을 놓고 그 위에 정좌하고 있던 사내였다.

그는 내가 자신을 기억하고 있었다는 것에 조금 놀란 눈치였지만, 노회한 정치인의 비서답게 얼른 속내를 감췄다.

"그렇습니다."

"하지만 제대로 인사를 나눈 건 오늘이 처음이군요. 만나 뵙게 되어 반갑습니다. 신정현 비서님."

그 뒤, 나는 슬쩍 목소리를 낮췄다.

"그런데 오늘은 어쩐 일로 이 멀리까지 바쁜 걸음을 해 주셨습니까?"

최갑철은 차에서 대기 중인가?

내가 그런 의도를 슬쩍 드러내며 물은 말에 신정현은 딱딱한 말씨로 대답했다.

"실은 사장님을 뵈었으면 하는 분이 계십니다."

"……저를요?"

내가 신정현의 말에 조금 놀란 까닭은 그가 한 말이 '최갑철'을 의식하지 않았단 점이었다.

'만일 최갑철이라면 비서인 그가 제3자를 지칭하듯 말하지 않았을 것이니까.'

내가 의아해하는 사이, 또각, 또각, 로비를 울리는 하이힐 소리가 다가왔다.

"설마 했는데 진짜 꼬맹이네."

저건 또 뭔가 싶어 나는 소리가 난 방향으로 고개를 돌렸다.

나와 신정현 사이에 끼어들어 다짜고짜 말을 붙인 여자는

팔짱을 낀 채 선글라스 너머 위아래로 나를 훑어보았다.

"네가 이성진이지?"

내가 '누구세요' 하고 묻기도 전, 그녀의 개입에 당황해한 신정현의 말에서 나는 여자의 정체를 눈치챌 수 있었다.

"아가씨."

아가씨라.

최갑철의 비서가 아가씨라고 부를 만한 인물은 얼마 되지 않는다.

'아하. 그래, 그러고 보니 아직 젊긴 해도 어느 정도 내 기억 속 모습과 닮았군.'

최서연.

최갑철의 차녀이자 박상대의 약혼자였던 인물.

비록 직접 만나 따로 대화를 나눠 본 적은 없으나, 그녀는 전생엔 박상대의 아내였던 만큼 종종 대외적인 장소에서 얼굴을 비추기도 했던 터.

그런 최서연은 중장년의 모습으로 내 기억 속에도 남아 있었다.

"뭐? 어차피 만나기로 한 거였잖아?"

"……그렇기는 합니다만."

"그러면 네가 뭣 하러 신경 써?"

……물론 성격은 내가 알던 그녀와 조금 다르긴 하지만.

'대외적 이미지와 본성을 구분해 사용하고 있는 건가.'

하긴, 박상대의 그 지저분한 사생활을 알고 있으면서도 대외적으로는 철저히 깨가 쏟아지는 쇼윈도 부부를 연기하고 있었으니 그 속내의 깊음은 만만치 않을 것이다.

나는 누가 봐도 고압적인 모습을 감추지 않고 드러내는 중인 최서연에게 웃는 얼굴로 말을 건넸다.

"그렇습니다. 누나는 누구세요?"

최서연은 내 입에서 '누나'라는 말을 듣곤 입가에 미소를 지었다.

"어머, 얘 좀 봐. 그나저나 그건 몰라서 묻는 거니, 아니면 알고서?"

누가 정치인 딸 아니랄까 봐 말 한마디 한마디에 의중이 담긴 가시가 하나씩 돋아 있었다.

"누나가 누구인지 얼추 짐작은 가지만 그게 예의인 거 같아서요."

"흐응, 그래?"

그러면서 최서연은 어디 한번 맞혀 보라는 듯 나를 물끄러미 쳐다보았고, 나는 그녀의 바람대로 해 주었다.

"최갑철 총재님의 둘째 따님이시죠?"

"정답."

최서연이 입가의 미소를 더욱 짙게 만들었다.

"'누나'는 최서연이라고 해. 만나서 반가워."

"네, 만나 뵙게 되어 반갑습니다."

최서연이 고개를 돌려 신정현을 보았다.

"이 꼬마, 지금은 제법 마음에 드는걸?"

"……."

신정현은 대답 대신 나를 보았다.

"이성진 사장님, 여기 서서 대화를 이어 가기보다는 자리를 옮겨도 되겠습니까?"

"그러죠. 여긴 생각 이상으로 유동 인구가 많은 곳이거든요."

나는 재차 말을 이었다.

"회의실을 예약해 두었으니 앞장서겠습니다."

나는 언젠가 사모도 방문한 적이 있던 로비 인근의 VVIP 전용 회의실로 그들을 안내했다.

회의실로 들어선 최서연은 다짜고짜 상석에 앉았고, 신정현은 그런 그녀의 의전을 수행하듯 최서연의 측면 자리에 앉았다.

"회사 좋네."

그녀가 회의실을 둘러보며 꺼낸 방금 그 말은 빈말이 아닌 것으로 들렸다.

"자, 그러면."

최서연이 선글라스를 벗어, 입고 온 블라우스 가슴께에 끼웠다.

"제대로 인사를 나눠 볼까?"

그 뒤 최서연은 내가 알고 있는 곱게 자라난 아가씨 특유의 '청순하고 가련한' 어조로 내게 꾸벅 고개를 숙였다.

"처음 뵙겠습니다, 이성진 사장님. 최서연이라고 합니다."

방금 전과 180도 달라진 그 뻔뻔한 연기에 나는 어처구니가 없었지만, 내색하지 않으며 미소로 응대했다.

"……처음 뵙겠습니다. SJ컴퍼니 사장 이성진입니다."

"만나 뵙게 되어 영광이에요, 이성진 사장님."

뒤이어 최서연은 방금 전 보여 준 가식적인 표정을 집어치우곤 히죽 웃으며 나를 보았다.

외탁을 했는지 이목구비는 최갑철과 달랐지만, 그녀의 미소 짓는 모양새에선 왠지 그녀의 부친인 최갑철을 떠올리게 하는 면모가 있었다.

"그나저나 당황한 티도 내지 않고 잘 맞춰 주네. 너 정말 초등학생 맞니?"

"예."

"요즘 초등학생은 다들 이렇게 조숙한 건가……."

피식 웃은 최서연이 명품 핸드백을 뒤져 금도금이 된 담뱃갑을 꺼내더니 얇은 담배를 손가락 사이에 끼웠다.

"아, 담배 피워도 되지?"

"……예."

"고마워."

최서연은 곧장 지포 라이터로 불을 붙인 뒤 담배를 한 모금 태웠다.

"후우."

그녀는 한 차례 연기를 뿜어내곤 신정현이 품에서 내놓은 휴대용 재떨이에 담뱃재를 톡톡 털었다.

내가 그런 그녀를 물끄러미 쳐다보고 있으려니 최서연이 픽 웃으며 말을 건넸다.

"왜, 혹시 여자가 담배 피우는 거 처음 봐?"

비록 지금이 '여자가 어디서 담배를 피워' 하고 떠들어 대는 시대이긴 하지만, 나는 '여자'가 담배를 피웠다는 것보단 아무렇지도 않게 내 회사 안에서 담배를 태우는 태도가 께름칙했을 뿐이었다.

"그런 건 아니에요. 기호품을 어떻게 하건 그건 개인의 자유니까요."

"오. 우리 꼬마, 제법 깨어 있는걸?"

"하지만 조만간 사내 흡연 금지 캠페인을 해야겠단 생각은 하고 있어요. 간접흡연은 몸에 해롭거든요."

"어쭈."

최서연이 웃었다.

"넌 담배 안 피우니?"

"안 피웁니다."

"그럼 지금부터 배워 볼래?"

이 사람이, 꿈 많은 초등학생을 상대로.

"사양하겠습니다."

일부러 딱딱한 어조로 선을 그어 주자 최서연은 또 웃었다.

"농담이야. 아무리 그래도 꼬마에게 이런 걸 권하지는 않아."

최서연은 그렇게 말하며 담배를 태웠는데, 그런 거라면 초등학생 앞에서 담배를 피우는 것도 지양했으면 싶다.

'게다가.'

나는 그녀가 담배 태우는 모습을 힐끗 살폈다.

'왠지 지금 담배를 태우는 것조차 일종의 싸구려 연극으로 보이는군.'

그녀는 지금 연기를 폐 깊숙이 넣었다 뱉지 않고, 연기를 입에 머금었다가 뱉을 뿐인 '겉 담배'를 피우고 있었다.

'하물며 에티켓을 모르는 건 아닐 테니, 지금 이것도 내게 일부러 보란 듯하는 거겠지.'

그건 마치 지금 자신이 갑인 걸 알아달라는 듯한 모습으로 비쳤다.

'뭐, 날고 기어 봐야 내 눈엔 그냥 어린애가 재롱떠는 거로밖엔 안 보이지만.'

다만 그녀가 나를 찾아온 꿍꿍이는 나도 아직 의문이었다.

'아주 짐작이 안 가는 건 아니야. 굳이 말하자면 이렇게 직

접적이고 갑작스러울 거라고는 생각하지 못한 거지.'

그런 의미에서 그녀의 방문이 최갑철의 지시인 것인지, 그녀 스스로 자의적인 판단하의 방문인 것인지도 의문이다.

'뭐, 조금만 긁어 주면 금세 본론을 입에 담긴 하겠지만.'

생각하는 사이 최서연은 담배를 한 모금 빨았다가 뱉은 뒤 내게 말했다.

"아무튼, 아무런 약속도 없이 덜컥 찾아와서 놀랐지?"

"그렇다기보다는…… 마침 제가 회사에 있어서 망정이지, 부재중이면 어떻게 하시려고 했는지 궁금한데요."

"뭐어."

최서연이 태연히 말을 받았다.

"만일 그랬다면 겸사겸사 이 빌딩에 있는 시저스 본점이나 가 보려고 했으니까, 신경 쓸 거 없어."

최서연이 말을 이었다.

"시저스, 요즘 잘나가잖아?"

그렇게 말하며 나를 보는 얼굴이, 그녀는 내가 시저스가 속한 모회사의 대표인 걸 알고 있는 표정이어서 나는 미소 띤 얼굴로 대답했다.

"높이 평가해 주셔서 영광입니다."

"……네가 실세인 걸 감추지도 않네?"

"애당초 감춘 적도 없는걸요."

나는 최서연에게 빙긋 웃어 보였다.

"그렇다고 일부러 드러내지는 않았지만요."
"……흥."
최서연이 미간을 살짝 찌푸렸다가 폈다.
"아무튼 만나서 다행이야. 말은 그렇게 했지만, 나도 괜히 시간 낭비 안 해서 좋고."
"제 입으로 말씀드리긴 뭣하지만, 시저스는 일부러 시간을 내서라도 한 번쯤 방문해 볼 가치가 있다고 봅니다."
"이때다 싶어 홍보하는 거니?"
"해서 손해 볼 것도 없잖아요?"
"정말……."
최서연이 고개를 저었다.
"이야기를 나눌수록 왠지 너, 우리 아빠랑 비슷한 느낌이야."
"제가요?"
"그래."
"칭찬으로 듣겠습니다."
"칭찬은 무슨, 징그러워 죽겠어, 정말."
최서연은 감추지도 않고 투덜거렸다.
"마치 속에 구르고 구른 중늙은이가 한 명 앉아 있는 거 같다니까."
속이 뜨끔했다.
"됐고, 본론으로 들어가 볼게."

최서연이 나를 물끄러미 쳐다보며 말을 이었다.

"여기 있는 신 비서한테 들으니까, 박상대 건으로 아빠랑 이야기가 오갔다면서?"

그녀 입에서 나온 말은 생각 이상으로 단도직입적이었다.

힐끗 쳐다본 신정현은 담담했고, 최서연은 그런 나를 향해 재차 말했다.

"맞지?"

이미 다 알고 온 모양인데 이제 와서 부정해 봐야 무의미하다.

"다른 이야기는 못 들으셨나요?"

"신 비서는 생각 이상으로 과묵해서."

최서연이 얼굴에서 웃음기를 싹 거둬들였다.

"나도 그 자리에 네가 있었다는 정도만 알아."

"……."

지금은 최서연의 말이 진실인지, 아니면 거짓을 말하고 있는지 판단할 근거가 부족하다.

'그녀가 그날 있었던 일을 어디까지 파악하고 있을지는 모르지만, 최소한 내가 박상대의 몰락과 무관하지 않다는 정도는 꿰고 있겠군.'

나는 생각 끝에 다소 단도직입적으로 물었다.

"그 일로 저를 원망하고 계시나요?"

"원망?"

"네. 그 일로 인해 결국 박상대 씨와 파혼하고 말았으니까요."

물론 그 일을 빌미로 그녀가 나를 협박하려 든다든지 한다면 나도 나름대로 강수를 둘 예정이다.

하지만 정작 최서연은 내 말에 눈을 동그랗게 뜨더니.

"아하하하! 얘 좀 봐. 알고 보니 나이에 맞게 순진한 구석도 있네? 귀여워라."

한바탕 깔깔거리며 웃은 최서연은 웃음을 그치곤 미소 띤 얼굴로 나를 보았다.

"아니야, 그런 거. 원망은 무슨……."

최서연이 말을 이었다.

"뭐, 그것 때문에 세간에선 '환향녀' 취급 비슷하게 받고 있긴 하지만. 환향녀, 알고 있니?"

"네."

"……똑똑하네."

그녀는 쓴웃음처럼도 보이는 미소를 내게 보이며 담배를 한 모금 태웠다.

"아무튼 그 일로 나는 혼삿길이 막힌 상태야. 아빠가 정해 준 거긴 하지만 어쨌건 한 차례 약혼을 하기는 했던 몸이니까 결혼 시장에서 내 값어치도 떨어진 셈이지. 이 바닥에선 육체뿐만 아니라 사회적 순결도 요구하는 법이거든."

"……."

"아차, 이건 초등학생에겐 조금 이른 이야기인가?"

나는 고개를 저었다.

"아니에요. 저도 걱정은 하고 있었습니다."

솔직히 박상대와 결혼이 무산된 최서연의 사정 따윈 안중에도 없었지만, 그녀가 나를 직접 찾아온 시점에는 그것도 나와 아주 무관한 이야기가 아니게 되었다.

"그것 때문에 누나가 마음의 상처를 입지는 않았을까 하고요."

내 심심한 위로에 최서연은 나를 멀뚱멀뚱한 눈으로 보다가 고개를 갸웃했다.

"너, 지금 일부러 그러는 거니?"

"예?"

"아니라면 됐고."

최서연이 픽 웃었다.

"지금 이 누나는 너를 초등학생 꼬마로 대해야 할지, 아니면 무언가 꿍꿍이를 감춘 능구렁이로 대해야 할지 헷갈리거든."

최서연은 몸을 살짝 앞으로 기울여 내 눈을 지그시 보았다.

"그래서 말인데, 설마 이 누나가 박상대를 사랑했다거나 하는 걸로 생각하는 건 아니지?"

나야 둘 사이가 어쨌건 간에 알 바 아니었지만.

"……아닌가요?"

어쨌건 명색이 약혼자였고, 전생에도 쇼윈도 부부이긴 할지언정 무탈하게 살았으니까, 아주 마음에 없지는 않았을 거라고 나는 생각했다.

"얘도 참."

최서연이 피식 웃으며 몸을 의자 등받이에 붙였다.

"뭐, 나도 그 사람을 좋아해 보려고 노력은 했어. 사실, 그만하면 나쁘지 않지. 젊고 유능한 남자였던 데다가 마스크도 괜찮으니까."

"……."

최서연이 어깨를 으쓱였다.

"오히려 좋으냐, 싫으냐 둘 중 하나를 고르라고 하면……. 음, 맞아. 좋아했다고도 할 수 있겠네."

"……."

"말이야 그렇지만, 나도 숨겨 둔 자식 한둘 정도는 있어도 괜찮다고 보거든. 물론 그걸 다른 사람들은 모른다는 전제하의 이야기지만."

최서연은 내게 다소 농담 끼를 섞어 말하고 있었지만, 정작 나는 그녀의 생각 이상으로 냉정한 태도에 조금 놀랐다.

'어쩌면, 나는 아직도 저런 상류층의 생각을 감정적으로 받아들이지 못하고 있는 걸지도 모르겠어.'

그도 그럴 것이, 어쨌건 가까운 사례로 들 수 있는 이태석

과 사모 사이에는 '사랑'이라 부를 만한 요소가 있었으니까.

'반면 최서연은 마치 태어나면서부터 자신의 운명이 정해져 있다는 걸 알고서 철들기 전부터 이를 받아들인 것 같군.'

최서연이 나를 보더니 문득 짓궂게 웃었다.

"혹시, 우리 꼬마는 그 일로 내게 미안하단 생각을 한 거니?"

"……그렇습니다만."

"흐음."

최서연이 나를 새삼 위아래로 훑었다.

"그러면, 우리 꼬마가 누나를 책임져 줄래?"

"……예?"

이 사람이 진짜.

나는 나도 모르게 인상을 찌푸렸고, 최서연은 그런 나를 보면서 또 한 차례 깔깔 웃어 댔다.

'최갑철 딸만 아니라면 즉시 경비를 불러 끌어냈다, 진짜.'

나는 그녀에게 애써 미소 지었다.

"잘은 모르지만…… 누나랑 저는 나이 차가 많지 않을까요?"

"흐음."

최서연이 나를 또다시 위아래로 훑었다.

"너라면 누나도 기다려 줄 수 있는데? 얼굴도 잘생겼고, 집안도 빵빵한 데다가 능력까지 있으니 장래엔 아주 괜찮은 남자가 될 거 같아."

"……."

최서연의 헛소리를 들어 주는 내 표정이 어땠는지, 결국 그녀가 먼저 손을 들었다.

"농담이야, 농담. 왜 정색을 하고 그러니?"

"그러시다니 참 다행이네요."

"……재미없게. 농담일 게 당연하잖아."

그야 방금 전의 제안은 물론 농담이겠지만, 나도 그녀가 아무런 맥락도 없이 그런 말을 했으리라고는 생각하지 않았다.

'그렇지 않고선 부스럼이 생길 걸 각오하고 나를 찾아오진 않았겠지.'

최서연이 쓴웃음을 지으며 다리를 꼬았다.

"아무리 네가 좋은 남자로 자란다고 하더라도, 네가 클 때까지 기다리려면 난 노처녀로 늙어야 하는걸."

"이상한 곳에서 현실적이군요."

"누나는 이래 봬도 리얼리스트거든."

리얼리스트라.

비꼬듯 말을 받기는 했지만, 나라고 그녀의 고민이 영 이해가 가지 않는 건 아니었다.

최서연은 현재 20대 중후반.

내 기준에서는 아직 적령기이다 못해 한참 어린 편에 속하지만, 이 시대는 서른이 넘도록 미혼으로 있으면 '노'딱지가 앞에 붙는 시대였다.

'그것도 20~30년 뒤에는 상상도 하기 힘든 일이지만.'

화무십일홍(花無十日紅)이라 했다.

최갑철의 권세도 언제까지 계속될지 모르는 데다, 최서연은 한차례, 온 국민도 알 법한 파혼을 하기까지 했다.

그나마 그녀에게 위안이 되는 일이라면 아직 인터넷이 발달하지 않아 최서연이 누구인지에 대해서는 자세히 알려지지 않았단 정도이리라.

'그조차도 그녀가 어울려 다닐 상류층의 알 법한 사람은 다 아는 일이 되고 말았으니, 별 의미는 없겠군.'

그러니 한편으론, 박상대와 파혼을 하고 만 시점에서 그녀의 말마따나 '값어치'는 폭락장의 주식처럼 곤두박질치고 만 데다가, 그녀의 뒷배이자 가치라 할 수 있는 최갑철의 정치적 입지마저 예전 같지 않은 상황이었다.

'그렇다고는 하나, 그녀 입장에선 기준을 낮추면 얼마든지 열려 있는 시장이기도 하지.'

썩어도 준치, 부자가 망해도 삼대는 간다고, 최서연은 현 여당 총수인 최갑철의 딸인 데다가 미인이니 선호도는 있을 것이다.

'이런, 나도 모르게 사람에 물건처럼 값을 매기고 있었군.'

최서연이 한숨을 내쉬었다.

"신경 쓰지 마. 나도 그냥 푸념이나 늘어놓을까 해서 찾아온 거니까."

솔직히 그런 이유로 남을 찾아왔을 뿐이라면, 사람들은 그걸 두고 민폐라 한다.

그녀는 내 표정을 살피더니 쓴웃음을 지은 채 말을 이었다.

"뭐, 한편으로는 네 덕에 박상대란 인간이 어떤 놈인지 미리 잘 알게 되었으니까, 오히려 다행이라고 해야 하나."

사생아까지 두고서 입 싹 닦은 박상대의 비열함, 또는 정순애를 살해할 만큼 잔악한 본성 때문인가 하고 생각했더니, 최서연이 웃음기를 거둔 눈으로 나를 보았다.

"즉, 박상대가 그렇게 나약한 사람인 줄 알았으면 아빠도 그를 사위로 삼지 않으려 했을 거란 의미야."

"……."

하지만 정작 최서연의 입에서 나온 말은 내가 생각한 박상대의 단점과 영 딴판이었다.

"박상대 씨가 나약한 사람이라고요?"

최서연은 무어라 말하려다가 고개를 저었다.

"……아니, 이제는 다 끝난 이야기야."

말마따나.

박상대는 죽었고, 약혼은 깨졌다.

아마 박상대가 죽지 않고 살아 있었다고 하더라도 박상대가 정순애를 살해한 일이 언론에 알려진 이상, 둘 사이의 파혼은 시간문제였을 것이다.

"그랬군요."

내가 심드렁하게 대답하자 최서연이 눈썹을 씰룩였다.

"……그게 다야?"

"뭐가요?"

"아니, 왠지 너라면 '왜 그렇게 생각하셨나요?' 하고 눈을 반짝이며 물어볼 거라고 생각했거든."

"……."

그야, 그녀가 박상대를 바라보던 관점 자체는 다소 의외였고 제법 흥미롭기는 했으나.

'내가 굳이 뭣 하러.'

최서연이 입을 다물기로 했다면 나도 구태여 지나간 일을 캐물을 필요는 없다고 생각했다.

"누나가 말씀하신 대로 이젠 다 끝난 이야기니까요. 이제 와서 박상대 씨의 인품을 논하는 건 무의미할뿐더러, 시간 낭비라고 생각해요."

"……너, 생긴 거랑 다르게 냉정하네."

"그야 남의 일이니까요."

최서연이 눈을 가늘게 뜨고 나를 보았다.

"그러면, 남의 일이 아니게 되면 신경을 써 준다는 의미니?"

"……그러면 누나가 제게 남이 아니게 되는 방법이 있나요?"

거기까지 말한 뒤, 얼른 덧붙였다.

"누나랑 결혼하는 거 말고요."

"……이 꼬마가."

최서연이 웃었다.

"좋아, 단도직입적으로 말할게. 오늘 누나가 너를 찾아온 건 거래를 해 보잔 거야."

"……거래요?"

"응. 거래."

최서연이 고개를 끄덕였다.

"너도 명색이 사업가이니, 내가 거래 상대가 된다면 이건 너에게도 '남의 일'이 아니게 되잖아?"

"……."

"네가 만만찮은 욕심쟁이라는 사실은 이 바닥에 파다하니까. 어때? 꼬마."

최서연이 의미심장한 미소를 지었다.

"누나랑 거래해 보지 않을래?"

"……그전에 몇 가지 짚고 넘어갈 게 있는데요."

나는 최서연에게 차분히 물었다.

"왜 하필 저죠?"

"……."

"제 생각이지만……. 조금 실례되는 이야기를 할게요. 괜찮죠?"

"해 봐."

"네. 아무리 박상대가 예전 약혼자였다고 한들, 조금만 눈을 낮춘다면 누나쯤 되는 사람이 혼삿길이 막힐 걱정은 없지 않나요? 미인이고, 집안도 좋고……."

내 말에 최서연이 활짝 웃었다.

"그건 실례되는 이야기가 아니라 칭찬으로 들리는데?"

"그렇게 받아들이셨다니 다행이네요. 그리고 다음으론."

나는 재차 말을 이었다.

"솔직히 말해서 제가 누나와 거래해서 얻을 게 뭐가 있을지 모르겠어요."

내 말에 최서연은 보란 듯 눈썹을 찡그렸다.

"그건 조금 실례되는 이야기구나."

"죄송해요."

하지만 말하는 것과 달리 진심으로 불쾌해하는 기색은 아니었다.

"꼬마는 그러면 혹시, 정치인과 연이 닿아 있는 걸 대수롭지 않게 생각하는 거야? 그렇게 생각하는 거라면 아직 순진한 거고……."

나는 빙긋 미소 지으며 최서연의 말을 잘랐다.

"아뇨. 그 덕을 보기에 저는 지나치게 거물이어서요."

"……."

"또, 그렇다고 저를 찾아오신 건 최갑철 총재님의 지시가 있었던 것도 아닌 것 같고요."

내 말에 최서연은 허를 찔린 표정이었다.

아직 어리기는 하지만 최서연 본인부터가 만만치 않은 정치적 수완을 타고난 인물이니, 내가 하는 말에 담긴 의미를 모르지 않을 것이다.

내가 한 말은 허세가 아니다.

나는 삼광 그룹의 장손이자 (그녀가 알고 있듯)이휘철이 총애하는 후계자였고, 삼광은 '어중간한 지역 유지의 덕'을 보기에는 지나치게 커다란 대기업이다.

그러니 나쯤 되는 인물을 '정치적 연줄'을 들먹이며 끌어들이려면 못해도 의전 서열 10위권 안에 드는 인물이어야 할 텐데, 이빨이 흔들거리는 늙은 호랑이로 전락하고 만 최갑철 따위는 더 이상 삼광 그룹을 감당할 수 없을뿐더러 내가 장성했을 땐 이미 뒷방으로 물러나 뭇자리나 알아보고 다닐 인간인 것이다.

'그러니 최갑철이 재기에 성공하려면 자기 자신이 아닌, 자신의 파벌이자 후계자가 힘을 써 줘야 할 때이지만…….'

최갑철이 기대하던 박상대는 정치적으로나 생물학적으로나 이미 죽고 없다.

"……흠."

최서연은 그 상태로 나를 물끄러미 쳐다보다가 픽 웃으며 고개를 저었다.

"이 꼬마, 쉽지 않네."

"……."

"아빠가 입에 침이 마르도록 칭찬했던 까닭을 알 거 같아."

최서연의 그 말은 내게도 다소 의외였다.

"최갑철 총재님께서 저를요?"

"그래."

최서연이 입매를 비틀었다.

"당신에게 너 같은 아들, 아니 손주가 있었으면 더 바랄 게 없었다고 하시더라. 그날 대체 무슨 일이 있었던 거니?"

"……."

그렇게 말하니, 나야말로 묻고 싶을 정도다.

그 자리에서 나는 시간만 조금 끌었을 뿐이고, 최갑철을 상대하던 건 이휘철과 곽철용이 도맡아 했으니까.

'한편으론 이휘철과 곽철용쯤 되는 인물들이 나서야 최갑철과 붙어 볼 만하단 이야기도 되겠지만.'

최갑철은 사실상 20세기 대한민국 정치 판도의 정점을 찍은 인물이고, 마음만 먹으면 대선에도 출마할 수 있는 것을 스스로 사양하여 나서지 않고 있는 사람이었다.

'그야 나도 최갑철이 대통령 깜냥이라고까지는 보지 않지

만.'

대통령은 하늘이 내린다고 했던가.

전생을 통틀어 내가 멀리서 지켜본 바로도, 십 년 전만 하더라도 아무런 주목도 받지 못하던 인물이 어느새 덜컥 대통령이 되곤 하는 게 대한민국 정치판이었다.

그런 의미에서 보자면 최갑철은 대중 전반의 지지를 받을 만큼 매력적인 인물은 아니었고, 그러니 최갑철 역시도 그 스스로를 '대통령감'은 되지 않는단 자기분석 끝에 지금의 자리에 머물러 있는 것이리라.

'반면, 다시 말해 최갑철은 충분히 킹 메이커로 활약할 만한 인물이기도 하지.'

그러니 지금 닥친 최갑철의 위기는 야당에게 호재이자, 여당의 비주류 인사에게도 나쁘지 않은 이야기였다.

'……다만, 이후 정치 판도는 정석적인 흐름을 타지 않아.'

전생의 별 탈 없이 여당의 어르신으로 남아 있던 최갑철조차 현 여당에서 차기 대통령을 배출해 내는 일에는 실패했다.

하물며 이번 생에는 어떨까.

암만 성수대교며 삼풍백화점 같은 국가 재난 수준의 악재를 이리저리 피해 냈다고는 하나, 그럼에도 불구하고 근본적인 국민 정서는 이미 야당이 가져올 새로운 미래의 가능성을 향해 기울어 가고 있었다.

'여기에 IMF까지 터진다면, 현 야당은 그야말로 순풍에 돛 단 배처럼 앞으로 쭉쭉 나아가게 되겠지.'

최서연이 신정현을 힐끗 쳐다보았다.

"아무튼 무슨 이야기가 오갔는지 들어 보려고 해도, 신 비서가 여간 과묵해야 말이지."

"……."

신정현은 그 와중에도 아무런 말도 하지 않았는데, 아무래도 내가 운락정에서 최갑철과 만났단 이야기도 신정현의 입이 아닌 최갑철 본인에게서 흘러나온 모양이었다.

'아마, 앞서 그녀가 신 비서 운운하며 나와 최갑철 사이 이야기가 오갔다고 말한 것조차 그 정도 언질만 하고 말았을 수도 있겠어.'

호부 아래 견자 없다고, 정치 9단 최갑철의 딸인 최서연이 하는 말은 그 자체로 받아들일 것이 아닌, 맥락을 짚어 보아야 할 일이었다.

내가 말했다.

"그건 별로 중요하지 않다고 생각해요."

"중요하지 않아?"

"네, 저에게는 이미 다 지나간 일이거든요."

"……휴."

최서연은 또 한 번 한숨을 내쉰 뒤 말을 이었다.

"좋아. 괜한 기 싸움은 관둘게."

최서연이 자세를 바로 했다.

"솔직히 말하면 처음엔 네가 나에게 일말의 부채 의식을 갖고 있길 바랐어."

그러면서 최서연은 이제 꽁초만 남은, 몇 번 피우지도 않은 담배를 물끄러미 쳐다보았다.

"만일 그런 거였다면, 나는 그걸 이용해 거래에서 우위에 설 작전이었거든."

나는 그녀가 지나치게 솔직하다고 생각하며 말을 받았다.

"그걸 굳이 제게 털어놓으실 이유는 없다고 보는데요."

"이래서 사업가란."

최서연이 툴툴거렸다.

"이런 말 한마디 한마디가 상대의 신뢰를 사는 법이야. 모든 거래가 단순히 숫자로만 이루어지는 건 아니란다, 꼬마야."

"……그 말씀을 포함해서, 누나는 지금 저에게 신뢰를 샀다고 생각하시나요?"

최서연이 빙긋 웃었다.

"아니. 최소한 지금 너에게 숨기는 구석은 없다는 걸 보여주는 거야. 게다가 기대와 달리 꼬마는 내게 그런 심리적 부채 따윈 안중에도 없는 것 같고."

"……"

"결국 대화라는 것도 상대에 맞춰야 한다는 기본을 깜빡한 내 불찰이지."

최서연이 표정을 진지하게 하며 나를 보았다.

"그러면 서로 조금 더 솔직해져 볼까. 넌 우리 아빠의 정치적 생명이 언제까지라고 생각하니?"

"……."

왜, 아예 미래의 대한민국이 어떻게 될지를 물어보지 그러시나.

'그렇기는 해도.'

나는 속으로 웃었다.

'최서연이라는 인물 자체는 마음에 드는군.'

까놓고 말해, 그녀는 이휘철과 같은 부류였다.

'욕심 많고, 야망이 큰…….'

그러면서도 가능한 수단과 방법을 가리지 않는 인물.

'그런 의미에서 나를 찾아온 건 나쁘지 않은 선택이야.'

그렇다고는 하나, '최갑철의 정치생명'을 묻는 최서연의 질문은 퍽 민감한 사안임과 동시에 그것이 내 의견을 필요로 하는 질문인지, 아니면 답을 바라지 않고 대화를 이어 가기 위한 수단인지, 당장은 구분이 가지 않는 것이었다.

'일단 한번 떠볼까.'

내가 물었다.

"누나는 어떻게 생각하시는데요?"

이 자리에서 나를 마냥 애 취급하지 않으려 노력하는 최서연이었으나 아무래도 선입견은 남아 있었던 모양인지, 그녀는 기다렸다는 듯 대답했다.

"길어야 3년."

남 앞에서 말하는 직계 혈속의 평가치고는 상당히 냉정했다.

"아가씨."

그런 최서연의 말에 신정현은 당황한 눈치였지만, 그녀는 그런 그에게 들으란 듯 웃으며 덧붙였다.

"아, 정권 교체 없이 쭉 간다면 2년 정도가 아닐까? 물론 야당이 삽질을 하지 않는다는 전제하의 낙관적인 관측이긴 하지만."

신정현은 자신이 모시는 최갑철에 대한 그녀의 가차 없는 평가에 심기가 불편해진 듯했으나, 감히 '아가씨'에게 무어라 대들지는 못하는 모양으로 입을 꾹 다물었다.

그래서 내가 대신 물었다.

"왜 그렇게 생각하셨나요?"

"왜, 너도 누나 생각을 비관적이라고 생각하니?"

반대다.

오히려 나는 최서연의 안목에 내심 감탄하는 중이었다.

'전생의 기억을 토대로, 최갑철 개인의 정치생명은 지금으로부터 그 정도 시일이 흘렀을 때 막을 내리지.'

다만 그건 어디까지나 지금과 달리 '박상대가 사고를 치지 않고 그의 사위가 되었을 때'의 일이었다.

'즉, 최서연의 생각에 박상대의 존재 유무는 최갑철의 정치적 생명과 무관하단 의미인가?'

아무리 내가 전생의 일을 똑똑히 기억하고 있다지만, 해당 시기는 초 · 중학생 당시의 일이다.

보통의 초 · 중학생은 정치에 무관심하고, 그건 나 또한 마찬가지였다.

그러니 전생에 있었던 일이라 할지라도 내가 일부러 찾아보지 않은 일에 대해선 나도 그때 무슨 일이 일어났는지 모른다.

내가 모른 척하며 물었다.

"그건 박상대 씨 때문인가요?"

"그건 별로 상관없어."

최서연이 심드렁하게 내 말을 받았다.

"어차피 아빠도 박상대를 키워 보려 한 건 몇십 년 뒤를 내다보고 한 일이고, 설령 박상대가 살아서 나와 결혼을 했다 하더라도 그가 중앙에 진출하는 건 한참 뒤의 일이었을 거야."

그래도 한때는 약혼자였던 사람인데, 최서연의 어조는 마치 남 이야기하듯 건조했다.

"그러니 박상대가 있건 말건 아빠의 정치생명이 연장될 일은 없어. 뭐, 기껏해야 그 별 볼 일 없는 파벌에 줄이나 늘이지 않았을까."

"즉, 박상대 씨의 유무는 총재님의 정치 행보와 무관하다는 의미입니까?"

"맞아."

최서연이 고개를 끄덕였다.

"박상대는 여당의 지지 기반이 약한 D구에서 막강한 세를 갖고 있으니까, 그를 우리 쪽에 끌어들여 두면 지역구 하나만큼은 따 놓은 당상이라 생각하셨겠지. 어쨌거나 아빠한테 박상대의 존재 의의는 그 정도야."

나는 최서연의 말을 들으며, 그녀가 내심 이번 파혼을 반기는 것 같다고 생각했다.

"그랬군요."

일단 나는 최서연의 말에 맞장구를 쳐 주었다.

"하지만……."

나는 최서연을 슬쩍 떠보았다.

"총재님은 여당의 큰 어른이시잖아요. 그런 분의 정치생명이 고작 2~3년 정도밖에 남지 않았다는 건 누나의 생각이 너무 비관적인 게 아닐까요?"

"얘는."

최서연이 가슴을 쭉 내밀었다.

"말했잖니, 누나는 리얼리스트라고. 아빠의 가장 가까운 사람인 내가 그런 말을 할 정도니까, 신빙성은 충분하지 않아?"

나는 그녀가 중요한 정보를 따로 숨기고 있다는 생각을 했지만, 그녀 앞에서는 눈치챈 사실을 내색하지 않기로 했다.

"이익 당사자께서 그렇게까지 말씀하시니 부외자인 저로서는 할 말이 없네요."

"얘도 사람 서운하게. 우리가 남이니?"

그러면 남이지, 친구조차도 아닌데.

최서연이 픽 웃었다.

"게다가 박상대를 제외하더라도 지금 아빠가 밀어주는 주위 인물들도 별 볼 일 없긴 마찬가지야. 심지어 얼마 전에는 은퇴를 앞두고 있는 현직 검찰총장이랑 만나더라니까. 그 인간도 사실 따지고 보면 뒤가 구리기로는……."

"아가씨!"

신정현이 당황하며 끼어들었다.

"방금 말씀은 조금……."

"왜, 내가 없는 말 했어? 그리고 봐."

최서연이 나를 턱짓으로 가리켰다.

"정작 꼬마는 별로 신경도 안 쓰잖아."

말마따나 관련 내용으로 밥 벌어 먹고 살고 있는 이라면 귀가 솔깃한 정보겠지만, 내게는 아무래도 상관없는 내용이었다.

"즉."

내가 슬쩍 끼어들었다.

"누나 말은 총재님의 공천 라인에 문제가 많다는 말씀이신가요?"

"오올."

최서연이 히죽 웃으며 나를 보았다.

"맞아, 정확해. 그 사람들이 자기 분야에선 나름의 성과를 이룩한 건 맞지만, 정치란 그렇게 단순하지만은 않거든. 여기서부터는 소위 말하는 파벌이 중요해져."

"파벌?"

"당 내부에서 자신을 위해 싸워 줄 같은 편 말이야."

몰라서 물은 게 아닌데.

"총재님께는 같은 편이 없나요?"

"아직 어려서 잘 모르나 보네. 사실 아빠는 전당대회에서 어부지리로 당선하셨거든."

이번에도 그녀는 자신의 부친을 남 말하듯 말했다.

"그렇다 보니 솔직히 말해서 사방이 적이야. 너도 아빠랑 만나 봤으니 알겠지만, 우리 아빠가 딱히 호감상은 아니잖아?"

나는 그 말에 웃어야 할지, 부정해야 할지 모르겠다고 생각했고, 최서연은 그런 나를 골리는 일이 즐거운 듯 싱글벙글 웃었다.

'뭐…… 최소한 사상적으로 나와 맞는 사람은 아니었지.'

나도 최갑철과는 단 한 번 만나 보았을 뿐이지만, 그가 운락정에서 일장연설을 늘어놓아 주었던 덕분에 최갑철이란 인물의 정치 철학이 어떠한 것인지는 알고 있었다.

'입으론 민주주의를 떠들고 있지만, 그 색체는 다분히 파시즘적이었어.'

국가를 위해서, 그리고 공공의 이익을 위해서라면 사소한 과오쯤은 덮어 두어도 좋다던 그 말.

그러니 최갑철 주위에 모인 인재란, 엘리트 위주가 모인 그들의 실력과 별개로 인성에 문제가 있는 인물이 포함되어 있을 것이다.

'그리고 그건 결국 최갑철의 발목을 붙잡는 요인이 되는 거로군.'

최갑철이 간과한 것이 있다면, 결국 정치라는 건 '인기투표'의 연장선에 놓여 있단 것이다.

나를 비롯한 대중은 후보의 학력이 어떻고 실적이 어땠다는 것보단 걸어 온 행보 속에서 묻어나는 의리와 인성, 명분에 주목하기 마련이다.

'하물며 대통령이 되는 것은 더더욱.'

고작 5년짜리 임기임에도 불구하고, 대한민국에서 대통령이라는 직함이 상징하는 힘과 권력은 행정법이 명시하는 것 이상이다.

대통령이 되려면 우선 거대 정당의 힘을 등에 업고 있어야 한다는 것쯤은 이 땅에선 상식이고, 그렇게 대통령 후보가 된 이는 정당의 이해관계에서 자유롭지 못하다.

'말인 즉, 현재 여당의 대권 주자는 최갑철과 대립하는 인물이라는 거겠지.'

그러니 최서연이 여당이 다음 대선을 잡을 경우 최갑철의 정치생명이 더 짧아질 거라고 예측한 것은 그런 맥락에서 기인한 것이리라.

대통령도 식물 정권 소리를 듣지 않으려거든 제 사람을 챙겨야 발언에 힘이 실리기 마련이고, 최갑철은 그런 대통령에게는 눈엣가시인 인물.

아마 이번 생에도 현 여당이 다음 대권을 잡지는 않겠지만, 그렇게 된다면 그건 그것대로 여당을 대표하는 얼굴인 최갑철에게 이때다 싶어 책임 소재를 묻는 비난 여론이 득세할 테니 어느 쪽이건 최갑철의 정치생명이 바람 앞의 등불이긴 마찬가지였다.

'그렇기에 최갑철은 그 사상을 이어 갈 장기 플랜 중 하나로 박상대를 고려한 걸 테야.'

다만 그것도 최서연의 말을 빌리자면 '그 별 볼 일 없는 파벌에 줄을 늘이는' 것에 불과했고, 당장 최갑철에게 도움이 되는 일은 아니었다.

'그러는 걸 보면 의외로 최갑철은 여당 내에서도 미움을 받는 인물인 모양이군.'

그 신념의 옳고 그름을 떠나 최갑철은 자신이 믿는 사상을 지키는 일에서 만큼은 대쪽 같은 인물로 보였고, 그런 성격은 주위에 적을 만들기 쉽다.

'그리고 그 결과가 지금의 최갑철이 처한 상황인 거지.'

이렇다 할 자신의 '파벌'이 없는 최갑철은 자신의 편을 만들기 위해 동분서주했을 것이고, 그렇게 해서—그가 주창하던 자신의 사상에도 걸맞도록—선택한 것이 사회 각층의 엘리트였던 것이리라.

'최갑철은 한편으론 꿈을 좇는 이상주의자였던 건가.'

다른 건 몰라도 그가 융통성 없는 인물이라는 건 잘 알겠다.

동시에, 세태를 바라보는 최서연의 안목도 나이에 맞지 않게 만만치 않다는 것까지.

'어쩌면 전생의 박상대가 정치인으로서 입지를 다질 수 있었던 것도 최서연의 내조가 한몫하지 않았을까?'

속단하기는 이르지만, 최서연이라면 그랬을 것 같다고 생각했다.

'게다가 그녀가 그렇게까지 확신을 담아 말하고 있다는 건, 내게 감추고 있는 다른 요인도 있는 것 같군.'

그게 무엇인지는 나도 짐작이 가질 않지만.

"어쨌거나."

최서연이 입을 뗐다.

"그렇게 됐으니, 나로서도 괜찮은 신랑감을 만나려면 아빠의 힘이 남아 있을 때 침을 발라 둘 필요가 있다, 이 말이야. 하물며 결혼 시장에서 여자의 나이라는 건 감가상각이 적용되는 요소니까, 이만하면 내가 조바심을 내는 것도 이해는 가지?"

나는 고개를 끄덕였다.

"누나의 입장은 잘 알겠어요. 하지만 그런 상황에 제가 누나와 거래할 수 있는 건 뭐가 있다는 거죠?"

나는 재차 말을 이었다.

"제 배경과는 별개로 저는 아직 초등학생에 불과하고, 그렇다고 해서 누나에게 소개해도 부끄럽지 않을 정도의 좋은 신랑감을 알고 있는 것도 아닌데요."

내가 아는 인물이라고 해 봐야 경제인이고, 설령 있다 한들 최서연에게 팔아 치우는(?) 것도 내키지 않는다.

'그렇다고 나한테 최갑철의 정치생명을 연장할 만한 묘수를 기대하는 것도 아닐 테고.'

어차피 그녀도 내게 그런 걸 기대하고 찾아온 것은 아닐 터.

최서연은 잠시 생각하다가 빙긋 웃으며 내게 말했다.

"괜찮아. 차선이긴 해도 결혼 문제는 나도 생각해 둔 바는 있으니까. 암만 그래도 꼬마의 손을 빌릴 정도로 다급하지는 않거든."

내 앞에서 최갑철의 남아 있는 정치생명 운운할 정도였으면 다급한 거 아니었나?

최서연이 말을 이었다.

"그전에 일단 내가 너에게 줄 수 있는 것부터 말해야겠네. 네가 이번 거래에 응해 준다면, 언젠가 네가 삼광 그룹에서 목소리를 낼 수 있는 나이가 되었을 때 든든한 정치적 뒷받침이 되어 줄게."

"당장 받을 수 있는 건 아니군요."

"어차피 지금 받아 봐야 쓸모도 없잖아?"

그러면서 '지금은 줄 수 있는 능력도 없다'는 걸 말하지 않는 최서연도 속이 음흉하다.

"반면에 제가 '거래 조건'으로 양도할 수 있는 건 누나에게 빠를수록 좋은 내용인가요?"

내 말에 최서연이 웃었다.

"제법인데. 맞아, 채권으로 달아 두는 거야."

"담보는 없나요?"

내가 던진 가시 섞인 농담에 최서연은 어깨를 으쓱였다.

"애석하게도 물건으로는 건네줄 게 없어. 아니면, 이 누나를 믿지 못하겠다는 의미니?"

내가 댁을 언제 봤다고?

'하물며 본인 입으로 방금 전 최갑철의 정치생명도 머지않아 꺼질 거란 말을 해 놓고선.'

아무리 나라도 부도날 것이 분명한 기업(?)의 채권을 받아 둘 만큼 멍청이는 아니다.

'하다못해 박상대와 약혼이 깨지지 않고 무사히 진행되었더라도 숙고해 볼 문제인데 말이야.'

나는 그녀를 따라 어깨를 으쓱였다.

"그 문제는 일단 차지해 두죠. 아무튼 누나도 제게 대가를 말해 줬으니, 저도 무슨 내용인지 들어 보는 정도는 괜찮다고 보고요. 그래서 제게 바라시는 게 뭔가요?"

최서연은 나를 물끄러미 바라보다가 처음으로 보는 진지한 얼굴로 내게 말했다.

"박상대의 사생아."

그녀의 입에서 나온 예상 못 한 말에 나는 그만 여유 만만하던 표정을 바꿀 뻔했다.

'박강선을 말인가?'

최서연이 박강선을 요구하는 꿍꿍이속을 알 수 없었던 나는 일단 잡아뗐다.

"박상대 씨의 사생아 말씀인가요? 그걸 왜 저에게 말씀하시는지 모르겠습니다만."

거기서 최서연이 고개를 돌려 신정현을 보았다.

"신 비서는 잠시 나가 있어."

신정현은 가타부타하지 않고 묵묵히 자리에서 일어나 회의실을 나섰고, 그녀는 문이 닫히길 기다렸다가 고개를 돌려 나를 보았다.

"시치미 뗄 거 없어. 다 알고 있으니까."

최서연은 그런 내 속내를 짐작하고 있다는 양, 의미심장한 미소로 덧붙였다.

"그 꼬마 애, 지금은 네가 관리하고 있지?"

"……."

이미 다 알고 왔군.

최서연이 미소 띤 얼굴로 말했다.

"피차가 서로 솔직해지기로 약속하지 않았……. 아니, 그런 약속은 한 적 없구나."

최서연이 머리를 쓸어 넘겼다.

"아무튼 박상대의 사생아…… 이름이 뭐더라? 어쨌건 그 애가 필요해. 그러니까 누나에게 넘겨주지 않을래?"

꿔다 논 보릿자루 같던 신정현이 사라지고 나니, 그 입에서 나온 말은 그가 있을 때보다도 훨씬 단도직입적이었다.

이쯤 하니 나도 더 이상 천진한 초등학생의 가면을 쓰고 있을 까닭이 없게 되었다.

"그보다 지금은 최서연 씨가 강선이를 찾는 이유가 궁금하군요."

"강선이라고 하는구나. 박강선. 응. 기억났다. 그나저나 이유, 이유라……."

내가 노려보듯 쳐다보았음에도 불구하고 최서연은 눈 하

나 깜짝하지 않으며 고개를 주억거렸다.

"그러는 나야말로 네가 그 애를 감싸고도는 이유가 궁금한걸. 오히려 박강선과 생판 남인 걸로 치면 네가 더 남 아니니?"

그렇게 말한 최서연이 고개를 갸웃했다.

"아, 혹시 박상대에게 상속된 유산 때문인가?"

말인 즉, '나는 네가 생각하는 것 이상으로 많은 것을 알고 있다'는 내용에 더해, '나도 그 정도는 얼마든지 눈감아 줄 용의가 있다'는 것을 함의하는 협박과 회유였다.

'누가 정치인 따님 아니랄까 봐.'

하긴, 어린애가 노려봐야 무슨 위협이 될까.

나는 노려보기를 관두고 입가에 미소를 지었다.

"강선이 몫의 유산을 제가 맡아 관리하고 있는 건 사실입니다만, 그 정도 돈은 저에게 푼돈이나 다름없습니다."

확실히, 그녀에겐 어쭙잖은 협박보단 이런 게 더 잘 먹히는 듯했다.

"응? 내가 알기로는 '푼돈'이라고 서슴없이 말할 만한 금액은 아니었던 거 같은데."

그러면서 최서연은 내게 보란 듯 회의실 내부를 휘둘러보았다.

'눈으로 보고도 대충 견적이 나오는 모양이지.'

나는 내심 쓴웃음을 지으며 말을 받았다.

“물론 그 유산이 SJ컴퍼니의 자산 가치에 빗대어도 제법 큰돈임은 부정하지 않겠습니다.”

최서연이 고개를 끄덕였다.

“응, 그럴 거라고 생각했어. 아, 그렇다고 네 회사 가치를 평가절하하려는 의도는 전혀 없으니까, 오해하지는 말고.”

입에서 나오지만 않으면 속으로 무슨 생각을 하건 공식 견해가 아니란 건가.

나는 자세를 고쳐 앉았다.

“혹시 잊으셨나요? 저는 SJ컴퍼니의 사장이기만 한 것이 아닙니다.”

나는 재차 말을 이었다.

“저는 삼광 그룹의 장손이죠. 시일이 지나면 그룹은 제 것이 됩니다.”

“…….”

“그리고 그때의 삼광은 지금의 삼광과 비교할 수 없을 정도로 커져 있을 겁니다.”

내 말에 최서연의 얼굴에서 웃음기가 싹 걷혔고, 그녀의 얼굴이 굳는 걸 보며 나는 여유로운 미소를 지어 보였다.

“하물며 그런 제가 고작 박강선의 유산을, 최갑철 총재님 측과 척을 지면서까지 지켜야 할 값어치는 없단 이야기죠.”

그러면서 슬쩍 협상의 여지를 던져 주자, 최서연은 다시금 얼굴에 희미한 미소를 머금으며 내게 가시 담긴 농담을 던졌다.

"우리 꼬마, 아예 세습 경영할 예정인 걸 못을 박아 가며 이야기하네?"

"어차피 다들 그러지 않나요?"

나는 그녀에게 보란 듯 어깨를 으쓱였다.

"무능한 후계자라면 없느니만 못하겠지만, 저 정도 되는 후계자라면 되레 안심하고 회사를 맡길 수 있을 거라고 보는데요."

내 말에 최서연은 어처구니없다는 듯 웃었다.

"너, 생각보다 뻔뻔하구나?"

"제 말이 틀렸나요?"

"아니. 부정은 안 할 거야. 그보단 할 수가 없겠지."

최서연이 고개를 저었다.

"경영이니 사업이니 하는 것에 문외한인 나도 네가 말하는 게 단순한 허세가 아니란 것쯤은 알 거 같거든."

말하는 걸 보니, 그녀도 외부에 알려진 것과 달리 회사의 경영 실세가 나라는 것쯤은 알아 온 모양이었다.

"고맙습니다."

나는 그녀의 칭찬을 솔직하게 받아들이며 말을 이었다.

"다만 그렇다고 해서 아무 영문도 모르고 남에게 강선이를 넘겨줘야 할 만큼 그쪽과 의리가 없는 것도 아니어서요."

비록 입 밖에 내지는 않았지만, 박강선의 거취 문제는 구봉팔, 나아가 조광을 좌지우지하는 것과도 관련이 있다.

구봉팔은 조광의 실세로 거듭날 것이고(또 그래야만 하고), 박강선을 각별히 생각하는 구봉팔이 내가 그 아이를 최서연에게 프로야구 선수 이적시키듯 팔아넘겼다는 걸 알게 되면 지금처럼 그를 믿고 일을 맡길 명분도 약해진다.

뿐만 아니라, 박강선을 내게 맡긴 건 강하윤의 의사였다.

현시점에서 그녀의 의혹을—물론 나는 조설훈의 죽음을 사주한 적이 없지만—부채질할 만한 상황은 만들지 않는 게 긁어 부스럼을 만들지 않는 일이다.

"……."

최서연은 나를 물끄러미 쳐다보다가 항복이라는 듯 손을 들었다.

"좋아. 너에게도 박강선을 쉽게 넘기지 못할 사정이 있다는 거지. 그건 잘 알겠어."

최서연이 의자에 등을 붙였다.

"그렇다고 나도 딱히 그 애한테 해코지하려고 그런 건 아니야."

"……그러면요?"

지금껏 나는 그녀가 후환을 남기지 않기 위해 박강선을 다시금 태국이나 해외 어딘가, 이 땅에 영영 영향을 끼칠 일 없는 곳으로 보내 버릴 것이라 생각했는데.

"사실, 이 상황에 박강선이라는 존재는 내게 나쁘지 않은 카드거든."

정작 최서연의 입에서 나온 말은 다소 의외였다.

'카드?'

아니, 이미 협상의 물꼬는 트였다.

지금이라면 무슨 의도로 박강선을 원하는지 물어보아도 그녀는 비교적 솔직하게 답하리라.

내가 물었다.

"그러면 누나는 박강선을 데려다가 뭘 하실 생각인 거죠?"

최서연은 잠시 뜸을 들였다가 대답했다.

"입양."

"……예?"

놀람을 감추지 못한 나를 보며 최서연이 짓궂게 웃었다.

"뭘 놀라고 그러니? 못 들을 말을 듣기라도 한 것처럼."

"하, 하지만 제가 알기로 입양 절차라는 건……."

최서연이 심드렁하게 내 말을 끊었다.

"나도 알아. 결혼 후 2년이 지나면 그 부부에겐 입양을 할 수 있는 최소한의 자격이 생긴다는 이야기지?"

"……."

"뭐, 이래 보여도 내 나름대로 생각은 하고 있어."

최서연이 말을 이었다.

"그러니 나도 그 전에 적당한 신랑감을 찾아 결혼을 해 둬

야겠지만.”

박강선을 입양하기 위해서 결혼을 하겠다니, 어딘지 수단과 목적이 뒤바뀐 것 같다고 생각했다.

“……그럼 혹시 누구 마음에 두고 있는 사람이라도 있나요?”

“마음?”

최서연은 내 말에 눈을 동그랗게 뜨더니, 깔깔거리며 웃었다.

“아하하하, 얘 좀 봐! 그렇게 안 봤는데, 생각보다 로맨틱한걸.”

“…….”

뭐가 그렇게 우스운지, 최서연은 배를 잡고 웃다가 휴우, 한숨을 내쉬었다.

“미안, 놀리려는 건 아니었어.”

“……괜찮아요.”

“뭐어.”

운을 뗀 최서연이 말을 이었다.

“아무튼 인간미가 좀 있네. 다시 봤어.”

“…….”

놀리려던 게 아니라면서, 지금은 놀리고 있는 거 아닌가?

최서연은 어딘지 쓴웃음처럼도 보이는 미소를 지으며 나를 보았다.

"그러게, 원래라면 그런 것도 고려 사안이지. 우리 꼬마는 꼭 서로 좋아하는 사람과 만나서 결혼하면 좋겠다."

"……."

원래라면 한참 연하일 그녀에게 되레 어린아이 취급을 받고 말았지만, 이상하게도 내 안에서는 발끈하는 기색도, 언짢은 기미도 느껴지질 않았다.

'암만 그런 세계에 속한 인물이라지만, 내 기준에서는 아직 그녀도 한창 꿈을 꿀 나이인데.'

무엇이 최서연을 실제 나이보다 조숙하게 만들고 말았는지, 나는 짐작하기도 힘들었다.

"다시 이야기를 돌려서."

최서연은 태연하게 다시 화제를 돌렸다.

"방금 말했듯 내가 그 애를 어떻게 하려는 건 아니야. 오히려……."

그녀가 문득 확인차 물었다.

"그 애, 지금은 고아원에 있지?"

"예."

최서연이 고개를 주억거렸다.

"응. 그렇다면 이대로 마냥 고아원에서 자라게 하는 것보단 내가 양육하는 게 그 애의 미래를 위해서도 나은 선택이 아닐까?"

마냥 동의하기는 힘들지만, 그렇다고 딱히 그녀와 '무엇이

박강선의 미래를 위해 더 나은가' 하고 논쟁할 생각은 없었으므로 나는 잠자코 그녀의 말을 들었다.

"최소한 나는 그 애한테 학원이며 과외 같은 건 남 부럽지 않게 시킬 거야. 좋은 교육을 시켜 주고 좋은 학교에 보내면 어쨌건 본인의 미래는 스스로 선택할 수 있게 될 거야. 바란다면 기숙사가 딸린 학교로 유학을 보낼 수도 있고."

최서연이 힘주어 말을 이었다.

"맹세하라면 맹세도 할게. 이것만큼은 거짓말이 아니야. 나한테 모성애가 있을지 없을지는 모르겠지만, 내가 입양하면 그 애도 명색이 우리 집안사람이 될 테니까, 나도 거기에 부끄럽지 않을 정도로 키울 자신은 있어."

그러면서 '사랑을 쏟아 아껴 주며' 운운하는 추상적인 이야기를 하지 않는 건 어딘지 그녀답다고 생각했다.

'어쨌건 그녀가 박강선을 위해 해 줄 수 있는 물질적 부분만큼은 진심이겠지.'

최서연은 잠시 뜸을 들였다가 어조를 바꿔 내게 말했다.

"……물론 너에게도 나쁜 이야기는 아니야. 아까도 말했듯 이것도 거래의 일환이고, 지금부터는 너에게도 이득이 갈 수 있는 제안을 해 볼까 해."

"좋습니다. 들어 보죠."

최서연이 고개를 끄덕였다.

그녀가 생각하기로도 '박강선에게 해 줄 수 있는 것'은 최소한의 명분이자 구실이고, 그다음에 나올 제안이 내게 먹힐 이야기라 여긴 듯 말투에는 방금 전보다 더한 확신이 담겼다.

"만일 내게 박강선을 넘겨준다면, 너에게 박상대의 유산을 관리할 권리도 여전히 넘겨주는 한편, D구를 신도시로 개발하는 안건도 발의할 생각이야."

D구 재개발이라.

전생에도 나온 적 없던 안건을 그녀는 입에 쉽게 담았다.

'뭐, 전생에는 박상대가 D구의 직접적인 이익 당사자이니 그 정치생명을 고려해서라도 일부러 건들지 않은 거겠지만.'

나도 D구를 숨은 금싸라기 땅이라고 치켜올릴 생각까지는 없지만, 그렇다고 마냥 그린벨트니 개발 제한 구역이니 하는 것으로 묶일 이유는 없는 땅덩이라고 생각했다.

'그래서 숱한 부동산 업자들이 눈독만 들이다가 화병이 나서 가슴을 치며 돌아간 거겠지만.'

최서연이 어깨를 으쓱였다.

"나쁘지 않지? 원래 옛날부터 부동산이란 부를 축적하는 가장 손쉬운 방법 중 하나 아니야?"

어느 정도 동의하는 바였다.

부동산 투기로 벌어들인 돈을 두고 괜히 불로소득이라느니 뭐라느니 하며 욕하는 것엔 다 이유가 있는 법이니까.

'그런 일(?)에는 제품 개발을 할 필요도, 다른 기업과 경쟁

할 이유도, 산업 스파이를 경계할 까닭도 없지.'

최서연이 덧붙였다.

"나중에…… 언젠가는 그 애가 자라서 제 몫의 유산을 네게 돌려달라고 하는 날이 올지도 모르지만, 네가 그걸 굴려서 쌓아 올린 부까지 전부 돌려줄 필요는 없어. 거기에 시세 변동을 적용할 이유도 없지. 뭐, 너만 괜찮다면 적금에 부은 이자 정도만 돌려줘도 무방하고."

그 말을 들으며 나는 그녀가 던진 제안 자체는 나쁘지 않다고 생각했다.

'그럭저럭 괜찮군. 나한테도 이득이 갈 수 있게끔 고려한 것도 마음에 들어.'

내가 그녀의 제안을 마음에 들어 하는 것이 티가 났는지, 최서연이 시선을 조금 더 부드럽게 고쳐 말을 이었다.

"일단은 너도 장기 투자라 생각해. 어차피 나도 지금 당장 박강선이라는 카드를 써먹을 수도 없고."

나는 그녀의 말에 대수롭지 않게 맞장구쳤다.

"예. 뭐, 누나가 지금 당장 결혼을 한다고 해도 2년가량은 지나야 할 테니까요."

"그렇지. 어쨌건 결과적으론 너에게나 그 애한테나 나쁜 이야기는 아니잖아?"

그 말에는 은연중 고아원을 향한 선입견이 묻어 있었지만, 내게는 딱히 그녀의 생각을 바로잡아 줘야 한단 생각은 들지 않았다.

제아무리 요한의 집이 최근 들어 '괜찮은 보육 시설'로 거듭났다지만, 그래도 나 역시 그건 안정된 가정에 비할 바는 아니라고 생각했다.

애당초 내가 박강선의 시작부터 굴곡진 인생사에 개입할 이유나 명분, 의리는 없다.

박강선의 인생은 그 스스로가 책임질 일이라 생각했고(심지어 냉정히 말하면 그와 나는 생판 타인이다), 내가 박강선에게 도움을 준 것도 어디까지나 그를 돕는 일이 앞으로 있을 내 행보에 도움이 된다고 판단했기 때문이었다.

하물며 그가 정치인의 집안에 입적하는 건 박강선에게도 결코 나쁜 이야기는 아닐 터.

'어쨌거나 그 친척들처럼 박상대의 유산을 노리려는 것도 아니고.'

사실, 박강선을 입양하고자 하는 이들은 지금도 줄을 서 있다.

당장 내가 강하윤에게 유상훈 변호사를 소개해 준 계기가 된 것도, 어디서 뭘 하는지도 모르던 정순애의 혈육이 불쑥 나타나 권리를 행사하려 들었기 때문이었다.

또한—결국은 무산되었으나—박강선을 노리던 건 박상대 측의 친인척들 역시 마찬가지로, 그들 역시 박강선과 피가 이어진 친척이란 명분을 내세워 가며 그를 입양하려 들

었던 터.

강하윤은 유산을 갈취할 수단으로 박강선를 대하는 그들에게 분노했고, 결국은 내게 직접 연락까지 취하며 그를 챙기기에 이르렀다.

'뭐, 박강선을 수단으로 보는 건 여기 있는 최서연도 마찬가지이긴 하지만.'

그나마 최소한 유산에는 손을 대지 않겠다며 내게 (구두로나마)약속을 하긴 했어도, 박강선이란 존재는 최갑철 일가에게 정치적으로 그럴듯한 상징—이를테면 대중들에게 의리를 선보인다든가 하는—으로 작용하리라.

'특히 박상대란 이름에 지지를 보내던 D구 주민들의 표는 확실히 챙길 수 있겠지. 게다가 심지어 최서연은 박상대의 약혼자였으니, 그 사생아를 받아들인단 명분도 없지는 않아.'

비록 최서연은 박상대와의 혼약을 정치적인 것으로만 보는 모양이지만, 어쩌면 세간의 시선은 옛 남자의 사생아마저 품에 들이는 최서연의 지극한 순애보에 감동할지도 모른다.

'그런 식이면 구봉팔이나 강하윤도 마냥 반대를 할 수 없겠지.'

내 앞에선 그 본성을 감추지 않고 있지만, 대외적으로 최서연은 마냥 곱게 자란 청순가련한 아가씨로 보이는 모양이니까.

'그 두 사람이라면 오히려 최서연의 제안을 반길지도 모르고.'

설령 그녀가 박강선을 정쟁의 수단으로 쓸지언정, 그 친척들과 달리 유산에 손을 대지만 않는다면 앞으로 살아가는 데 어떻게든 도움은 된다.

다만, 의문은 있었다.

'그런데 최서연이 박강선을 집안으로 들여서 얻을 건 뭐가 있지?'

최서연 본인 스스로가 내게 말하기를, 최갑철의 남은 정치생명은 길어야 3년.

아마 이번 정권이 연장될 일은 없을 테니 (그녀의 예상대로라면)최갑철에게 남은 정치생명이란 최솟값을 잡은 2년 남짓한 시간이 고작이다.

방금 전 내가 그녀에게 지적했듯 입양의 최소 자격 조건은 혼인한 지 2년 이상이 경과해야 하는 것이 포함되어 있으니, 그녀가 지금 당장 누군가와 혼인 신고서를 제출한다고 할지라도 그땐 이미 최갑철의 정치생명이 끝났거나 꺼져 가는 상황일 것이다.

'그렇다면 박강선의 입양에 뭔가 다른 꿍꿍이가 있단 의미야.'

심지어 이 일을 두고서 내게 '장기 투자'라고까지 했겠다, 그녀는 지금 당장 뭘 해 보려고 박강선을 노리고 있는 것이

아니란 의미였다.

그렇게 생각한 나는 속내를 감추고 그녀에게 물었다.

"그러면 강선이를 집안에 들이는 것으로 최갑철 총재님의 정치생명이 연장되기라도 하나요?"

최서연은 나를 물끄러미 바라보더니 픽 웃었다.

"아니."

즉답 뒤, 최서연이 말을 이었다.

"아빠의 정치생명은 내가 말한 거기까지야. 내가 뭘 하건 간에 그 이상 변하지 않겠지."

최서연이 쓴웃음을 지었다.

"게다가 억지로 호흡기를 달아 늘려 봐야…… 아빠는 이미 구시대 인물인걸. 아빠의 사고와 논리로는 시대의 변화를 따라잡지 못해."

그녀는 자신의 아버지인 최갑철에 대해 냉정하게 평가했다.

"당장 얼마 전 기사를 검열했던 것도 그렇지."

최서연은 최갑철이 중우일보에 압력을 가해 김기현의 기사가 나가는 걸 막았을 때의 이야기를 내게 감춤 없이 풀어놓았다.

"그때는 어떻게든 박상대의 스캔들을 막아 냈지만, 그런 힘을 쓰는 것도 더 이상은 통하지 않는 시대가 올 거야. 아니, 이미 그 전조는 보이고 있어."

최서연이 몸을 앞으로 살짝 기울였다.

"일단 인터넷 신문이라는 것도 그래. 그건 아빠 같은 구시대 인물의 방식으로는 막을 수 없는 것 중 하나지."

"……."

"아마, 인터넷이 본격적으로 우리 사회에 정착하고 나면, 그때부턴 옛 정치인들에게 사형선고가 내려질 거야."

최서연이 몸을 앞으로 기울인 채 빙긋 웃었다.

"새 술은 새 부대에 담아야지. 지역 유지를 만나고, 그 패거리를 모아 돈 봉투를 뿌려 대면 승리하던 시대는 지나갔어. 오히려 그때가 오면, 인터넷을 통해 여론을 주도하는 쪽이 대권을 잡는 시대가 올 거라고 봐."

나는 그녀가 말하는 것에서 왠지 모르게 단순한 분석 이상의 확신이 담겨 있다고 생각했다.

'그보다, 가까워.'

그녀가 은은하게 뿌린 향수 냄새가 맡아질 지경이어서, 나는 슬쩍 몸을 뒤로 물리며 그녀의 말을 받았다.

"……그렇군요."

"응, 그리고 그건 네가 바라는 일일 테고."

그 말에 나는 속이 뜨끔했다.

"제가요?"

최서연은 알면서 왜 시치미를 떼냐는 식으로 히죽 웃었다.

"왜 그래? 도깨비 신문, 네 거잖아."

"……."

"내가 아무것도 모를 거란 생각은 하지 마. 뭐, 너라면 그렇게까지 생각하지는 않았겠지만."

최서연은 다시 몸을 의자 등받이에 붙였다.

"아무튼 이만하면 내가 왜 아빠의 정치생명이 끝자락이라고 판단했는지에 대한 대답이 되었다고 보는데. 그래서 어때?"

"뭐가요?"

"이만하면 내게 그 애를 소개해 줄 만하다고 생각하지 않니?"

"한 가지만 더요."

내 말에 최서연이 어깨를 으쓱였다.

"해 봐."

"혹시, 누나가 직접 정계에 뛰어들 생각인가요?"

"……."

최서연은 팔짱을 낀 채 나를 보더니 무표정하게 물었다.

"왜 그렇게 생각했니?"

"……일단 저에게 한, 강선이의 유산에 손을 대지 않겠다는 약속에 D구 재개발 건을 얹은 것이 첫째, 둘째로는 강선이를 입양하는 일이 최갑철 총재님의 정치생명 연장과 무관하게 이루어지는 일이라는 점. 그리고……."

"흠."

"셋째는 누나에게 그럴 만한 야망과 능력이 있다고 판단해서예요."

최서연이 히죽 웃었다.

"그거, 칭찬으로 받아들여도 될까?"

"그러면요?"

최서연이 고개를 저었다.

"……아니, 됐어. 아무것도 아니야."

그 뒤 잠시 생각에 잠겼다가 다시금 예의 건방지고 여유로운 표정으로 돌아온 최서연은 머리칼을 뒤로 쓸어 넘겼다.

"뭐, 나도 보고 배운 게 그런 거니까 남들보다는 익숙해. 네가 나를 그렇게 평가하고 있다면 그런 환경에서 성장한 지금의 나를 보고 이야기한 거겠지. 하지만 나는 정치를 할 생각은 전혀 없어."

"왜죠?"

"누나는 남들 앞에 나서는 걸 좋아하지 않거든."

이 상황에 웬 농담을.

'하지만 마냥 속 빈 소리로는 들리지 않는군.'

방금 전 그녀는 '나는 정치를 할 생각이 없다'고 말했다.

'그러면, 고분고분 말 잘 들을 인물을 골라 정계에 밀어 넣어 볼 생각인가?'

나는 최서연을 향해 보란 듯 고개를 갸웃했다.

"그렇다면 조금 이상한걸요."

"뭐가?"

"누나는 제게 강선이를 넘기는 조건으로 D구 개발을 약속하셨습니다."

"그랬지."

"하지만 누나의 말씀으론 최갑철 총재님의 정치생명이 얼마 남지 않았고, 또 누나가 정계에 뛰어들 것도 아니라면 약속하신 조건은 어떻게 충족해 주실 건가요?"

내 말에 최서연은 빙그레 웃었다.

"걱정할 거 없어. 그 일은 이루어질 테니까."

"……."

마치 미래를 예언하는 듯한 그녀의 말투에 나는 아무 말도 할 수 없었다.

'내가 아는 미래에선 D구가 재개발되는 미래는 찾아오지 않았는데 말이지.'

그래서 나는 그녀의 말을 허세로 받아들이기로 했다.

최서연이 입을 뗐다.

"자, 그러면."

이만하면 용건은 끝났다는 듯 최서연이 입을 떼며 앉은 자리에서 일어섰다.

"어차피 당장 대답을 바란 것도 아니니, 곰곰이 생각해 봐. 되도록 긍정적으로 검토해 주면 더 좋고."

다소 갑작스럽게 이야기가 끝났단 생각이 들었지만, 나는 얼른 그녀를 뒤따라 일어섰다.

"바래다드릴게요."

"됐어, 어차피 바깥에 신 비서가 대기하고 있는걸. 마음만 고맙게 받을게."

"저, 그러면 연락은……."

"신 비서 명함 받았잖아? 거기로 걸어. 아니면 내가 네 핸드폰에 걸어도 되고."

비싸게 구네.

'사실상 다음번에도 저쪽이 연락하겠단 의미로군.'

최서연이 문을 나서며 나를 향해 윙크를 했다.

"그러면 또 보자."

그 뒤 그녀는 책상 위의 꽁초와 휴대용 재떨이, 희미한 잔향만 남은 담배 냄새를 등지고 회의실을 나섰다.

'……이거, 전혀 예상치 못한 사람을 만나고 말았는걸.'

나는 힐끗, 열린 문 틈새로 허둥지둥 최서연의 뒤를 쫓아가는 신정현을 보며 고개를 끄덕였다.

'아무래도 그녀는 평강공주가 될 셈인 모양이군.'

본인이 정치를 하지 않겠다면, 내조를 통해 그 능력을 발휘할 생각이리라.

'오늘 처음 만났을 뿐이긴 하지만, 최서연 성격에 현 상황을 얌전히 받아들일 거라는 생각도 들지 않고.'

아직까진 그녀의 행보가 내 계획에 어떤 영향을 끼치게 될지는 모르지만.

'조금 신경 써 두는 정도는 나쁘지 않겠어.'

회의실을 나선 최서연은 뒤따르는 신정현을 대동한 채 생각에 잠겨 아무런 말도 없이 빌딩 지하 주차장으로 향했다.

'듣던 대로 만만치 않은 꼬맹이네.'

생긴 건 귀엽게 생겨서는 속에 늙은 능구렁이 한 마리가 들어서 있는 것 같았다.

게다가 묘하게도.

'나도 모르게 너무 많은 말을 하고 만 건 아닌지 모르겠어.'

이성진은 상대로 하여금 무언가, 할 필요가 없는 말까지 터놓게 만드는 힘이 있는 듯했다.

'별 실수는 안 했다고 생각하지만.'

지하 주차장에 도착해 또각, 또각 하이힐을 울리며 고급 외제 차로 향한 그녀는 그제야 그림자처럼 따라온 신정현을 돌아보았다.

"바래다줘서 고마워. 내가 운전해서 갈 테니까, 신 비서는 택시 타고 가."

"……예, 아가씨."

신정현은 최서연이 핸드백에서 꺼내 준 돈뭉치를 받아 들곤 고개를 꾸벅 숙였다.

"감사합니다. 조심해서 들어오십시오."

"그래."

제법 오랫동안 최갑철의 곁을 지켜 온 신정현은 그의 무수한 비서진 중에서도 믿음직스러운 편에 속했다.

특히 그녀가 그를 마음에 들어 하는 점 중 하나는 고분고분한 데다 쓸데없는 말을 하려 들지 않는단 것이었다.

'신랑감으로도 나쁘지 않지.'

분명 아빠는 화를 내겠지만, 그런 건 무시하면 그만이다.

'박상대 건으로 한 번 굽혀 주었으면 됐지.'

최서연은 멀어져 가는 신정현의 뒷모습을 가만히 지켜보다가 운전석에 올라 핸드백 속 핸드폰을 꺼냈다.

몇 차례 신호가 간 뒤, 최서연이 입을 뗐다.

"저예요, 최서연."

핸드폰을 목 사이에 끼운 최서연이 백미러 위치며 운전석을 조정하며 말을 이었다.

"방금 만나고 오는 길이에요. 듣던 것 이상으로 맹랑한 꼬맹이던데요?"

최서연은 수화기 너머 목소리를 들으며, 백미러에 비친 자신을 향해 빙긋 웃어 보였다.

"네, 아마 이번에도 당신 생각대로 흘러가겠죠. 문제없을 거예요."

그래, 분명 이번에도 그가 말했던 대로 될 것이다.

최서연은 차에 시동을 걸며 그렇게 생각했다.

3장

장건후는 긴긴 여름 해가 주택가 지붕 위에 걸쳐 낙조를 하늘에 뿌리고 있을 즈음 아지트가 있는 동네로 돌아올 수 있었다.

구봉팔과 협업—말은 그렇지만 사실상 부하나 다름없는—하게 된 것이 당장 오늘인데, 텅 빈 지갑은 벌써부터 제법 두둑해졌다.

'나 원, 어쨌건 일단은 움직여 보고 볼 일이군.'

예상한 바도 아니었고, 서로 첫인상이 좋다고도 할 수는 없었지만 생각도 하지 못했던 든든한 뒷배까지 생겼다.

'이성진이라고 했나.'

살면서 결코 엮일 일 없을 거라고 생각한 부류였다.

'아니지, 난 이미 조세광에게 크게 데인 몸이었군.'

떠올리고 보니 묘했다.

장건후 자신은 분명 조세광이라고 하는 재벌가 도련님의 수발을 들어 온 몸인데도 불구하고, 이성진은 무의식중에 '다르다'고 생각하고 만 자신의 직관이 의아했던 것이다.

'그야 범상치 않은 꼬맹이긴 했다만.'

이성진은 뭐랄까, 격이 달랐다.

그렇다고 해서 마냥 곱게 자란 부잣집 도련님이란 느낌보단, 좀 더 '이쪽'에 가까운, 분명 그럴 리가 없는데도 이 바닥에 한 발을 걸치고 있는 느낌마저 받았다.

그건 조세광의 조폭 놀이와도 본질적으로 궤를 달리하는 느낌이었고, 구봉팔에게 들은 그의 사업가적 행보는 그 과감하고 결단성 있는 추진력에도 불구하고 젊은이 특유의 혈기보단 어딘지 모르게 오랜 시간 살아남은 야생동물의 야성을 닮았다.

그런 건 천부적 소질보다는 어느 정도 삶의 경험이 축적되어야 나올 법한 태도인 것이다.

그래, 이를테면 마치 막 물이 오른 전성기의 시니어를 보는 듯한 느낌.

'재벌가의 가정교육이 남다른 건가, 하고 퉁 치고 말기에는 조세광 그놈이란 사례도 있으니.'

그런 인물을 적으로 두면 곤란하겠지만, 지금은 한배를 탔으니 장건후는 지금 그의 두둑해진 지갑만큼이나 속이 든든했다.

'어쨌거나 그건 그거고.'

장건후는 공연히 그가 낮에 난동을 피웠던 '대호슈퍼' 간판을 멀리 피해 발걸음을 옮겼다.

예전 같았으면 오늘을 기념해 슈퍼에 들러 혼자만의 조촐한 술자리를 가졌겠지만, 저번에 박순길에게 크게 데인 뒤로 그는 한 방울의 술도 입에 대지 않고 있었다.

또, 그는 모르고 있지만, 이미 한 차례 경찰이 다녀간 동네는 장건후가 홧김에 넘긴 금목걸이—물론 이 사실만큼은 다들 경찰에 알리지 않기로 쉬쉬하며 입을 다물었다—를 팔아 조촐한 삼겹살 회식을 벌이는 중이었다.

장건후는 새삼 순간의 자존심 때문에 괜한 짓을 생각했다고 생각하면서, 하나둘 불이 들어오기 시작하는 가로등 불빛 아래를 걸었다.

'일이 그렇게 됐으니 조만간 이사도 고려는 해 봐야겠어.'

속으로 투덜거리며 장건후는 가로등 불빛과 노을빛이 비추지 않는 골목길로 들어섰다.

'……음?'

아지트 근처까지 당도한 장건후가 멈칫했다.

'불청객인가.'

담장 아래 그늘진 그림자에서 인기척을 느낀 그는 슬그머니 시계를 풀어 오른 주먹을 감싼 뒤, 주머니에 손을 넣었다.

일이 잘 풀리는 바람에 조금 안일하게 생각하고 있었던 건지도 모르겠다.

지금 장건후는—비록 직접 입을 연 적은 없지만—배신자 낙인을 찍으려면 얼마든지 찍을 수 있는 처지였고, 특히 조설훈의 파벌로부터 가해질 보복성 린치도 염두에 두어야 했다.

당장 지동훈의 가족을 상대로 협박하려던 것만 보아도 알 듯, 조설훈은 설령 그것이 이미 지나간 일이라 할지언정 배신자에겐 가차 없는 보복을 가하기로 유명했다.

하물며 조설훈의 남은 떨거지들이야, 조설훈이 죽고 없는 지금 타 파벌에 경고성 메시지를 전하기 위해서라도 장건후의 손가락 하나쯤은 얼마든 잘라 낼 위험한 놈들인 것이다.

이럴 줄 알았다면 슈퍼마켓에 들러 무기로 휘두를 소주병이라도 하나 사서 올 걸 그랬단 반성에 미쳤을 때, 골목 어귀의 그림자에서 인영이 모습을 드러냈다.

"어디 다녀오시는 길입니까?"

상대를 알아본 장건후는 조금 안도하며 주머니 속에 꾹 쥔 주먹에 스르르 힘을 풀었다.

"여 순경이 여긴 웬일인가?"

장건후의 말에 여진환은 쓰고 있던 모자를 벗어 머리를 긁적이곤 다시 모자를 눌러썼다.

"잠시 들렀습니다만, 들어가서 이야기해도 될까요?"

한결 여유를 되찾은 장건후가 힐끗 지나온 길을 돌아보았다.

"왜, 신고라도 들어왔나?"

희미한 가로등 아래 비친 여진환의 얼굴에 쓴웃음이 비쳤다. 넘겨짚은 바가 정답이었던 모양이다.

아무튼, 대한민국 경찰이란 쓸데없는 부분에서 빠릿빠릿하다고 생각하며 장건후가 발걸음을 옮겼다.

"……좋아, 들어가서 이야기하지."

여진환은 장건후의 뒤를 따라 아지트로 들어섰다.

장건후는 전등을 켜 실내를 밝힌 뒤 재킷을 벗어 소파에 걸쳤다.

"그래, 앞으론 두 번 다시 난동을 피우지 말란 훈계라도 하려고?"

여진환이 선 채로 대답했다.

"알고 계시다면 됐습니다."

"그래. 하지만 그것뿐만은 아니겠지?"

여진환은 장건후의 질문에 대답하는 대신 질문으로 응했다.

"구봉팔에게 다녀왔습니까?"

장건후는 피식 웃으며 오는 길에 산 담배를 입에 물었다.

"그걸 여 순경이 알아서 뭐 하려고?"

"……."

조금 말이 심했다고 생각했는지 장건후가 어조를 고쳐 말을 이었다.

"뭐, 좋아."

장건후가 담배를 한 모금 태운 뒤 입을 뗐다.

"여 순경 짐작이 맞아. 그쪽에 다녀오는 길이지."

"……표정을 보니 일이 잘 풀리신 모양이군요."

장건후는 여진환을 물끄러미 쳐다보았다.

평소 그라면 '볼 것도 없이 문전박대를 당했다'고 거짓말을 했겠지만, 이성진이 그에게 흘리듯 당부한 말이 머릿속에 남았다.

「장건후 씨는 기회가 되면 여진환 순경의 뒷조사를 해 주십시오.」

그 말을 들어서일까, 여진환을 대하는 장건후는 평소처럼 퉁명스럽게 대하지 않고 부드럽게 말을 받았다.

"맞아. 내일부터 그쪽에 출근 도장을 찍게 되었지."

여진환은 장건후가 왠지 순순하단 생각을 하며 미소 지었다.

"축하드립니다."

"축하는 무슨."

장건후가 웃으며 손사래를 쳤다.

"공짜로 놀고먹는 것도 아닌데. 가 보니까 구봉팔 그 친구, 확실히 성공했다는 느낌이 물씬하더구먼."

"그렇습니까?"

"그래. 오늘 이야기가 나왔던 새마음 어쩌고 하는 재단도 제대로 일을 하는 모양이더군. 그러니 나도 이젠 제대로 된 회사에서 월급봉투를 받는 인생이 되었다, 이거야."

그 '떳떳한 일을 하게 됐다'는 식의 이야기를 곧이곧대로 받아들여도 될지 확신은 없었지만, 어쨌건 새마음아동복지재단 자체는 합법적인 법인이었으므로 여진환은 묵묵히 고개를 끄덕였다.

그런 여진환을 보며 장건후는 담배를 한 모금 더 태웠고, 여진환이 물었다.

"그러면 이 동네를 떠나실 생각입니까?"

"그래야지."

장건후가 대답하며 아지트 내부를 휘둘러보았다.

딱히 정이 남은 것도, 좋았던 추억이 가득한 장소도 아니었지만 막상 화제에 올라 논의가 나오니 그에게도 새삼스러운 감회가 훅 끼친 것이리라.

"그러는 여 순경도 조만간 이 동네 뜰 거 아닌가?"

장건후의 말에 여진환은 괜스레 멋쩍은 기분으로 고개를 끄덕였다.

"예, 그렇습니다."

"피차 잘됐군. 자고로 동네라는 것에는 기운이라는 게 있기 마련이어서, 큰 인물이 되려면 아등바등 큰물로 기어 들어가야 하는 법이야. 거지도 부자 동네 거지는 때깔이 좀 더 곱다고 하지 않던가?"

동네에 잔정이 남은 여진환은 장건후의 말에 딱히 동의하지는 않았지만, 구태여 시비를 틀 필요는 없단 생각에 고개를 끄덕였다.

"그럴지도 모르겠군요."

"내 말이."

장건후가 히죽 웃으며 담배를 한 모금 더 태웠다.

"아무튼 자네도 이 거지 같은 동네에서 수고가 많았군. 애썼어."

"아닙니다. 그래도 잘 보면 좋은 구석도 있는 동네인걸요."

"거 누가 들으면 여기가 자네 고향인 줄 알겠군."

장건후가 이죽거렸다.

"뭐, 여 순경 정도 오지랖이라면 어딜 가든 간에 잘 해낼 거라고 보기는 한다만."

"칭찬 감사합니다."

"그래그래. 칭찬이지. 그나저나."

담뱃재를 바닥에 툭 털어 낸 장건후가 말을 이었다.

"오늘 내가 구봉팔을 만나고 왔다는 것도 그 여자 형사에게 일러바칠 건가?"

대수롭지 않은 듯 흘린 장건후의 말에 여진환이 미간을 살짝 찌푸렸다.

"장건후 씨."

"할 테면 해."

"……예?"

"나는 그래도 신경 안 쓸 테니까."

의아해하는 여진환을 보며 장건후가 비릿한 미소를 지었다.

"까놓고 말해서, 그렇다고 한들 조설훈이 죽은 것 자체는 여전히 풀리지 않았잖아?"

"……."

"지금은 구봉팔 밑에 들어가게 됐지만, 말이야 좋은 말이지 따지고 보면 내가 그놈 밑에 들어가서 구를 서열은 아니거든."

장건후가 말을 이었다.

"말인 즉 구봉팔이 하고 있다면, 나도 할 수 있단 거다."

"……그러면."

여진환이 눈을 가늘게 떴다.

"구봉팔 밑에 들어간 건 다 이유가 있단 말씀입니까?"

"굳이 말하자면 그렇단 거지."

장건후가 고개를 끄덕였다.

솔직한 심경으로, 이성진과 구봉팔을 만나고 난 뒤로 그는 '저 두 사람에게는 절대 대들어선 안 된다'고 생각했지만 장건후는 여진환을 끌어들이기 위해 거짓말을 시작했다.

"내가 구봉팔 밑에 들어가건 아니건, 지금 상황이 아니꼽다는 것과 이 일에 한 점 의혹도 없단 의미는 아니야."

그건 여진환 역시도 인정하는 바였다.

애당초 여진환이 강하윤의 접촉에 응했던 것도 그 역시 조설훈의 죽음에 미심쩍음을 느꼈기 때문이 아니던가.

장건후가 담배를 한 모금 피운 뒤 말을 이었다.

"어쨌건 조설훈을 살해한 진범이 누구든 간에, 이 일로 구봉팔이 세를 키워 냈단 것 자체는 변함이 없어. 지금은 합법적인 사업체를 굴리는 것처럼 으스대고 있지만, 그놈도 본질은 깡패 새끼란 말이지. 그러니 잘만 캐 보면 구봉팔의 구린 뒤를 알아볼 수도 있단 거고."

장건후의 말을 들은 여진환이 움찔했다.

"그러면 장건후 씨는 구봉팔 씨가 조설훈 씨의 죽음과 무관하지 않단 말씀입니까?"

"그렇다고까지는 말하지 않았어."

장건후가 단호하게 선을 그었다.

"다만 어디까지나 돌다리도 두들겨 보고 건널 필요가 있다는 말이지."

장건후가 말을 이었다.

"그놈과 나 사이에 결정적인 차이가 있다면, 나에겐 경찰이 뒤를 봐주고 있단 거 아니겠냐?"

그 뒤이은 말을 들으며 여진환은 장건후가 언제든 구봉팔의 뒤통수를 칠 생각을 하고 있단 걸 깨달았다.

'정말로 건달 바닥에 의리라곤 없군.'

여진환이 딱딱하게 굳은 얼굴로 물었다.

"……그걸 저에게 말씀하시는 이유가 뭡니까?"

장건후는 잠시 담배를 태우며 뜸을 들이더니, 불쑥 입을 열었다.

"진실을 찾아 사회정의를 구현……하려는 생각은 쥐뿔도 없어."

장건후가 씩 웃으며 말했다.

"이쯤하면 알아듣겠지. 그래, 거래를 하잔 의미다."

"……거래요?"

"음."

장건후가 고개를 끄덕였다.

"여 순경, 아니, 여 형사가 나를 도와준다면 나도 그에 상응하는 대가를 지불하지. 나는 구봉팔의 약점을 찾아내고, 여 형사는 그걸로 조설훈을 살해한 진범을 잡는다. 어때, 그쪽에게도 나쁜 이야기는 아닌 거 같은데? 구봉팔이 이 일과 무관하다면 그뿐이니, 여 형사 입장에서도 밑져야 본전인 이야기고."

경찰이 깡패와 손을 잡는다.

영화에서나 나올 법한 이야기라고 생각하면서도, 여진환은 장건후의 제안을 좋게 받아들이는 자신에게 내심 놀랐다.

"……좋습니다."

여진환이 고개를 끄덕였다.

"저로서도 받아들이지 않을 이유가 없군요. 단……."

"알아. 서로 입단속 잘하잔 의미지?"

장건후가 입에 지퍼를 채우는 동작을 보이자, 여진환은 무표정하게 고개를 끄덕였다.

그러면서 여진환은 속으로 생각했다.

'다만, 왠지 모르게 고성을 지르며 화를 냈다던 주민들의 신고와 지금 장건후의 태도 사이에는 큰 차이가 있군.'

어쩌면 이번 제안 자체가 장건후가 이중 삼중으로 덫을 놓은 걸지도 모르지만.

여진환은 장건후가 굳이 자신에게 그런 덫을 놓을 필요까진 없다는 생각에 속으로 쓴웃음을 지었다.

'하긴, 그렇게 생각하는 건 자의식과잉이지. 내가 뭐 대단한 사람이라고.'

만약 그 생각을 병실의 석동출이 들었다면, '현직 검찰총장을 아버지로 둔 놈이 뭔 소리냐'고 한 소리 했겠지만.

지금 그 사실을 아는 사람은 이 자리에 없었다.

4장

강하윤은 양상춘을 만나 장건후며 이성진과 만났던 사실을 고했다.

"……해서, 박사님께서 말씀하신 성진이가 조설훈의 죽음에 관여했을 가능성은 없어 보입니다."

잠자코 강하윤의 이야기를 듣던 양상춘은 그 뒤로도 한동안 생각에 잠긴 채였다.

깊어 가는 여름밤, 어색하다면 어색하달 수 있는 둘 사이의 침묵을 호프집의 왁자지껄한 소음이 물안개처럼 에워쌌고, 강하윤은 앞에 놓인 맥주잔을 기울이며 묵묵부답인 양상춘을 힐끗 살폈다.

'이만하면 그도 납득했겠지.'

강하윤이 맥주잔을 내려놓는 것과 동시에 양상춘이 침묵을 깼다.

"잘 알았네. 그러면 일단 이성진의 말에 의하면 그가 사건에 직접 관여했을 리는 없다는 것이겠군."

일단? 직접?

강하윤은 양상춘의 입에서 나온 단어에 미간을 찌푸렸다.

"설마, 박사님께선 아직도 성진이를……."

그녀는 반사적으로 받아치려다가 목소리를 낮췄다.

"……조설훈 살해의 용의자로 보고 계십니까?"

"첫째."

양상춘이 기다렸다는 듯 강하윤의 말을 받았다.

"지금으로서 우리는 이성진의 말이 진실인지 아닌지 알 수 없네."

"그건……."

"아, 물론 그날의 알리바이 자체는 진실이겠지. 이성진쯤 되는 인물이 자네 앞에서 금세 들통날 거짓말을 늘어놓지는 않았을 거야."

"……."

"둘째로는 설령 강이찬과 이성진에게 당일 행적의 알리바이가 있었다손 치더라도, 그땐 우리가 알지 못하는 제3자에게 사주를 하여 일을 처리했을 가능성이네."

강하윤은 양상춘의 말을 억지 가득한 궤변이라고 생각했

다.

"그런 식으로 생각하신다면 세상 모든 사람이 조설…… 사건의 용의자로 낙점될 수 있겠습니다."

강하윤의 비아냥거림에 가까운 반박을 들으며 양상춘은 픽 웃었다.

"그렇지는 않지. 어느 일로 가장 큰 이득을 본 사람이 누구인지를 찾고, 대상을 용의선상에 올리는 건 수사의 기본이 아닌가?"

"……."

"게다가 이성진에게는 마침 살인 청부를 할 만한 재산도 충분하지. 삼광 그룹의 장손이니 어쩌면 그런 일을 해 줄 만한 사람을 구하는 것도 가능하지 않겠나. 나는 가능한 한 모든 가능성을 열어 두어야 한다고 보는데."

말이나 못하면.

강하윤은 속으로 구시렁거리며 맥주를 벌컥벌컥 마신 뒤, 쿵 소리 나게 잔을 내려놓았다.

"좋습니다. 그러면 박사님, 백번 양보해서 성진이가 범인이라 치고."

강하윤이 트림을 참았다가 말을 이었다.

"그러면 박사님 생각에는 '범인 이성진'의 다음 행보도 짐작 가는 바가 있으시겠군요."

양상춘은 강하윤이 평소보다 공격적인 것 같다고 생각하

며 대답했다.

"구봉팔."

"예?"

"이성진은 구봉팔을 찾아갈 것일세."

양상춘이 말을 이었다.

"두 사람은 집단 내에서 이익을 공유하는 데다가, 자네가 내게 전해 준 바에 의하면 이성진과 구봉팔은 이미 새마음아동복지재단 건으로 끈끈하게 엮인 사이가 아닌가."

"……."

"하물며 자네는 오늘, 바로 어저께 만난 이성진을 부자연스럽게 불러내 이것저것 캐물은 모양이니, 내가 범인이라면 응당 이를 경계할 것일세."

양상춘의 말에 강하윤이 인상을 와락 구겼다.

"그러면 설마, 지금 저를 이용하신 겁니까?"

"그렇게 말하니 서운하군. 내가 등 떠밀어 보낸 것도 아니잖은가."

강하윤은 새삼 이 남자와는 친해질 것 같지 않다고 생각하면서, 1,000cc짜리 맥주 통을 집어 들려다가 통이 텅 빈 걸 보고 손을 들었다.

"이모, 여기 생맥 1,000cc 하나 더요!"

양상춘은 그런 강하윤을 보며 떨떠름해하는 얼굴을 했다.

"너무 많이 마시는 거 아닌가?"

"걱정 마십쇼, 자랑은 아닙니다만 술에는 강합니다."

"……그렇다면 됐고."

"그리고 어차피 제가 사는 것 아닙니까."

"……."

강하윤이 생색낼 것도 없이, 술을 즐기지 않는 양상춘은 술이며 안주에 손 하나 대지 않고 있었지만.

'나 참, 당장이라도 호프집에서 보기로 한 과거를 철회하고 싶군.'

양상춘도 격무에 시달린 형사가 퇴근 후 술 한잔 기울이겠다는 걸 뿌리칠 만큼 냉정한 사람은 아니었다.

'어쨌건 내가 요청한 내용도 하루 만에 처리해 줬으니.'

강하윤은 골뱅이무침 한 점을 집어먹은 뒤, 입을 뗐다.

"하면 박사님, 성진이가 구봉팔을 찾아간다면, 성진이가 범인이라는 말씀입니까?"

"그렇게 단정 지어 버리면 논리적이지 않지. 어쨌건 두 사람은 사업을 공유하고 있으니 이성진이 업무차 그를 찾아가 사업 논의를 하더라도 이상할 건 없지 않나."

"그러면……."

강하윤은 종업원이 생맥 한 컵을 놓고 가길 기다렸다가 의식적으로 목소리를 낮췄다.

"이성진이 범인이라면 구봉팔을 찾아갈 것이란 방금 박사님 말씀은 모순이 아닙니까?"

"필요조건과 충분조건은 구분해야지. 이성진이 사건의 주동자라면 구봉팔을 찾아가겠지만, 설령 그렇지 않더라도 구봉팔을 찾아 그와 만나는 일 자체는 사건과 무관할 수 있단 걸세."

양상춘이 담담히 반박하는 사이, 강하윤은 맥주잔에 소주와 맥주를 섞어 폭탄주를 만들었다.

강하윤은 숟가락으로 맥주잔을 쿡 찍어 거품을 만든 뒤, 잔 안에서 소용돌이치는 황금빛 액체를 보며 입을 뗐다.

"즉, 그러니까 성진이가 구봉팔을 찾아가더라도 그건 범인이기 때문이라 단정 지을 수 없단 말씀이십니까?"

"바로 그걸세. 따지고 보면 이번 사건 자체가 그러하지. 범인이기에 취했을 행동과 사건이 무관함에도 불구하고 수상쩍은 행동이 겹쳐 발생하고 있어. 심지어 각각의 행동은 그 동기 면에서 불순함과 각각의 단서가 난삽하게 흩뿌려져 있지. 그러니 결과적으로……."

양상춘은 강하윤이 폭탄주를 만 맥주잔을 벌컥벌컥 비워 가는 걸 기다렸다가 말을 이었다.

"……결과적으로 이성진이 추후 어떤 행동을 하는가는 본질과 연결 지어 사고하기 힘든 일일세."

강하윤은 손등으로 입가를 닦아 내며 양상춘의 말을 받았다.

"그러면 박사님, 성진이가 구봉팔과 만나는 것이 하등 상관없다면 애당초 그 말씀은 왜 꺼내신 겁니까?"

"자네가 먼저 물어보지 않았나?"

"……."

양상춘의 대꾸에 할 말이 없어진 강하윤은 떨떠름해하는 얼굴로 술을 한 모금 마신 뒤, 상에 놓인 안주를 물끄러미 바라보았다.

상에는 골뱅이무침과 통닭이 놓여 있었다.

을지로에서 시작한 이 두 안주의 조합은 누가 생각했는지는 몰라도 묘하게 잘 어울렸고, 부담 없는 가격과 만들기 손쉽다는 강점 덕에 서울 각지로 유행하는 중이었다.

그걸 보고 있자니, 강하윤은 왜인지 모르게—아니, 눈앞에 먹음직스러운 통닭이 놓여 있었으니 전혀 무관하지는 않지만—이성진이 개발 중이라던 치킨 생각에 미쳤다.

"성진이는 제가 보기에도 참 열심히 살고 있습니다."

양상춘은 강하윤의 말이 뜬금없다고 생각하면서 이어질 말을 기다렸다.

강하윤이 통닭 다리를 뜯어 접시에 놓으며 말을 이었다.

"뭐라더라, I로 시작하는……."

"IT?"

"아, 넵. 회사는 IT 회사를 경영하면서도 본인은 지금 후라이드 치킨을 개발 중이라지 뭡니까."

강하윤의 말에 양상춘은 강하윤의 말뿐만 아니라 이성진

의 사업 내용이 정말로 뜬금없다고 생각하며 시큰둥하게 말을 받았다.

"그랬나?"

"예. 아까 성진이가 사건이 있던 날 시저스에 있었다는 행적도 후라이드 치킨이란 걸 개발하느라 방문했다고 들었습니다. 실제로 저도 기회가 닿아 몇 번 맛보았습니다만, 상당히 훌륭했습니다."

강하윤은 먹기 좋게 바른 통닭 살점을 젓가락으로 한 점 집어먹은 뒤, 맥주잔을 들이켰다.

"후, 어디까지 이야기했죠?"

"……이성진이 개발한 치킨."

"아, 그랬죠."

강하윤이 픽 웃으며 말했다.

"심지어 뭐라더라, 우리가 알고 있는 빨간 양념 말고 다른 것도 개발할 예정이라고 했습니다. 그런 걸 보면, 그 애의 머릿속은 사업 아이템이 끊임없이 쏟아지고 있는 모양입니다."

강하윤이 고개를 저었다가, 술을 또 마시곤 잔을 내려놓았다.

"바쁘게 산다고요. 성진이는. 분명 조광이 어떻고 저렇다는 건 신경도 못 쓸 정도일 겁니다. 그런데 박사님께서는 그런 성진이를 줄곧 의심하고 계시니…… 솔직히 말해서 좀 짜증 납니다."

순간적으로 양상춘은 잘못 들었나 싶어 되물었다.

"……짜증?"

"예."

강하윤은 고개까지 끄덕여 가며 못을 박았다.

"도대체 뭐가 문제입니까? 박사님, 혹시 콤플렉스 같은 거 있습니까?"

"……콤플렉스?"

"예. 성진이는 착하고 잘생기고 똑똑한 데다 대인관계도 원만하고 심지어 집안도 좋으니까, 그런 완벽을 그림으로 그려 낸 듯한 소년에게 박사님은 뭔가 흠이라도 가하지 않곤 못 배기는 것처럼 보여서 말입니다."

쏟아 내듯 말을 마친 뒤, 강하윤은 어처구니없어하는 양상춘을 내버려 두고 다시 한번 폭탄주를 벌컥벌컥, 반쯤 비워 냈다.

"크. 아무튼 그런 게 아니라면 박사님께서 성진이에게 그토록 집착하시는 까닭을 모르겠습니다. 만나 보면, 되게 좋은 애라고요. 아니, 그야 박사님도 어제 만나 보시긴 했지만, 결코 나쁜 아이가 아닙니다."

"……초등학생에게 콤플렉스를 느낄 정도로 헛살아 오지는 않았네만."

강하윤이 히죽 웃었다.

"아, 예. 그러시겠죠."

"……."

술에 강하다더니, 그렇지도 않은가.

양상춘은 잠시 그렇게 생각했다가 그녀 앞에 쌓인 빈 생맥주잔을 종업원이 부랴부랴 치우는 걸 보며 생각을 고쳤다.

"술이 과한 거 같은데, 오늘은 이쯤 하지."

"아뇨, 아뇨."

강하윤이 손가락을 까딱였다.

"멀쩡합니다. 고작 이 정도로 취하는 강 형사가 아니지 말입니다."

사실, 강하윤도 깜빡하고 있는 일이지만 그녀는 지금 밤잠을 설친 데다가 정신적 피로가 겹쳐 그녀가 파악하는 자신의 평소 주량보다 일찍 취기가 올라 있었다.

강하윤이 게슴츠레한 눈으로 양상춘을 보았다.

"아니면, 걱정해 주시는 겁니까?"

"걱정은 되지."

"……네?"

"혹시 자네 뒤치다꺼리를 해야 할까 봐서. 주정뱅이 뒤치다꺼리를 할 나이는 이미 지났거든."

양상춘이 상에 놓인 소주병을 보며 말을 이었다.

"이 뒤로도 자네의 술주정을 받아 줘야 한다면 나도 이쯤 일어나겠네만."

"……흥."

양상춘의 냉정한 말에도 강하윤은 아랑곳하지 않고 술이 반쯤 남은 맥주잔에 소주를 콸콸 들이부었다.

"그럴 땐 빈말이라도 '자네가 걱정되네' 하고 말해 주시면 어디 덧납니까?"

"……."

양상춘은 강하윤이 웬 응석을 부리는가 하고 생각했다.

'비슷하지도 않은 성대모사까지 해 가면서 말이지. 심지어 말에 앞뒤도 맞지가 않잖아.'

강하윤이 쿵, 하고 숟가락으로 맥주잔을 찧었다.

"선배님도 지금은 좋은 게 좋은 거란 생각만 하시고, 사건은 오리무중에 저만 발바닥에 땀 나도록 뛰어다니고, 주변 사람을 의심해야 하는 상황에……."

푸념을 늘어놓으며 조금씩 혀가 꼬부라지는 강하윤을 보며, 양상춘은 이쯤에서 일어나야겠다고 생각했다.

'요즘 힘든 모양이긴 하지만, 그건 내 알 바 아니고.'

그때, 강하윤의 품속에 담긴 핸드폰이 울렸다.

"……응?"

강하윤은 말아 놓은 폭탄주를 마시려다가 말고 품을 뒤졌다.

"박사님, 잠시 전화 좀 받겠습니다아."

"……그러든가."

양상춘은 팔짱을 끼며 의자에 등을 기댔고, 강하윤이 딸

각, 폴더폰을 열어 귀에 가져다 댔다.

"충성, 강하윤 형사입니다아……. 응? 여 순경? 여 순경이 무슨 일로 이 시간에 전화를 다 하고……."

핸드폰 너머로 들려오는 여진환의 말을 들으며, 반쯤 풀린 강하윤의 눈에 초점이 돌아오기 시작했다.

"응? 뭐라고?"

이후로도 잠시 통화를 이어 가던 강하윤은 술기운이 달아난 얼굴로 수화구를 막은 뒤 양상춘을 보았다.

"박사님."

물론 양상춘도 강하윤이 받고 있는 전화가 사적인 것이 아니라는 걸 눈치챘다.

'여 순경이라고 했나……. 오늘 오전에 있었던 일과 무관하지 않은 후속 보고인 모양이군.'

양상춘은 이만하면 잠시 강하윤의 술주정을 받아 주며 기다린 보람이 없지는 않다고 생각했다.

연락 후 로스트 빈에서 기다리고 있던 여진환은 강하윤이 매장에 들어서자 얼른 자리에서 일어섰다.

"아, 쉬는데 오시게 해서 죄송합니다."

그러면서 여진환은 강하윤과 동행한 양상춘을 힐끗 살폈

다.

'누구지?'

순간적으로 '데이트 중이었나' 하고 생각했던 여진환은 이어서 '꽤 연상으로 보이는데 강 형사는 그런 취향이었나 보구나'에 더해 '동출이 형은 강 형사를 포기해야겠군'으로 사고가 이어졌다가 '아니, 강 형사가 이런 자리에 외부인을 데리고 올 리가 없지' 하는 합리적 판단으로 생각을 고쳐먹었다.

여진환이 생각한 대로, 양상춘이 동행한단 사실을 깜빡하고 전하지 않은 강하윤은 얼른 그에게 양상춘을 소개했고, 여진환은 그제야 다소 마음을 놓았다.

"아, 국과수 양상춘 박사님이셨군요. 말씀 많이 들었습니다."

빈말이 아니라, 박순길의 송별회를 겸한 회식 자리에서 '국과수 양상춘 박사'라는 이름은 몇 차례고 화제에 올랐던 터였다.

반면 양상춘은 덤덤히 여진환의 악수를 받았다.

"지금은 백수야."

"예?"

강하윤이 끼어들었다.

"신경 안 써도 돼."

"아……. 예."

"그보다……."

강하윤이 자리에 앉자, 양상춘이 선 채로 입을 뗐다.

"아이스 아메리카노?"

"예? 아, 네."

"내가 사 오지. 그동안 술이나 깨고 있게."

그사이 조금 술이 깬 강하윤은 호프집에서 그에게 했던 막말이 생각나, 양상춘이 모는 차를 타고 오는 내내 쥐구멍에 숨고 싶은 심정이었던 그녀는 얼굴을 붉히며 고개를 꾸벅 숙였다.

"……감사합니다."

양상춘이 커피를 사러 자리를 뜨자 여진환이 쓴웃음을 지었다.

"술 드셨습니까?"

전화상 혀 꼬부라진 소리가 나올 때 그러지 않을까 생각했지만.

강하윤은 취기가 남은 탓인지 부끄러움 탓인지 얼굴을 붉힌 채 시인했다.

"아, 응. 조금……."

"그러시다니 괜히 선배님께 연락을 드렸구나 싶네요."

"아니야, 신경 쓸 거 없어. 마침 그 이야기를 하던 중이었거든."

여진환이 힐끗 카운터에 선 양상춘을 보았다.

"저기 계신 양상춘 박사님이랑요?"

"으응. 지금 그 일로 적잖이 도움을 주고 계시니까."

강하윤은 멋쩍게 웃으며 얼버무리더니 표정을 고쳐 화제를 바꿨다.

"그나저나 방금 통화 내용은 어떻게 된 거야?"

"아, 예."

여진환은 '단둘이 술 마시러 다니는 사이였습니까?' 하고 묻고 싶은 걸 꾹 눌러 참으며 대답했다.

"전화로는 짧게 말씀드렸습니다만……."

여진환이 목소리를 낮춰 말을 이었다.

"장건후가 구봉팔 아래로 들어갔습니다."

"확실해?"

"예. 본인이 그렇다고 말했거든요."

"장건후 본인이?"

여진환은 자신이 장건후의 '집'을 찾아갔던 것, 그리고 거기서 장건후로부터 그가 구봉팔과 만났으며 그 밑에서 일하게 되었단 점 등을 간추려 말했다.

"그렇다면……."

그때 툭, 하고 양상춘이 아이스 아메리카노 두 잔이 담긴 쟁반을 강하윤 앞에 놓았다.

"먼저 이야기를 진행하고 있으면 어떡하나."

양상춘이 자리에 앉으며 여진환을 보았다.

"여 순경, 다시 처음부터 이야기해 보게. 나는 전화 내용을 잘 모르니 그것도 감안해서."

여진환은 마치 자신이 상사인 양 자연스럽게 명령하는 양상춘에게 황당함을 금치 못했지만, 곁에 있던 강하윤이 얕게 고개를 끄덕이며 종용하자 별수 없이 방금 했던 이야기를 반복했다.

'그런데 암만 이 일에 도움을 주는 관계자라고는 해도, 남 앞에서 이렇게 떠들어도 되나?'

말을 마친 여진환은 생각에 잠긴 양상춘을 보면서 뒤늦게 그런 생각을 떠올렸다.

"알겠네."

마침내 양상춘이 입을 뗐다.

"그러면 혹시 장건후가 찾아간 자리에 이성진이 있었다든가 하지는 않았나?"

"……거기까지는 저도 잘 모르겠습니다."

여진환은 양상춘의 입에서 이성진이 언급되는 것을 의아해하며 대꾸했다.

"제가 아는 건 장건후가 구봉팔 아래로 들어갔다는 정도가 전부여서요."

그러면서 아직 구봉팔을 온전히 신뢰하지 못한 장건후는 기회가 되면 언제든 구봉팔의 뒤통수를 칠 준비가 되어 있었단 이야기는 삼갔다.

양상춘이 고개를 끄덕였다.

"그랬군. 하면 여 순경이 장건후의 집을 찾았던 건?"

여진환은 왠지 모르게 취조를 당하는 기분이라 생각하며 대답했다.

"낮에 들어온 신고가 마음에 걸렸거든요. 그게……."

"오전에 자네와 강 형사가 장건후를 찾아갔던 일이 그의 난동과 무관하지 않은 것 같았나?"

이미 얼추 알고 있군.

여진환은 강하윤이 그에게 생각 이상으로 시시콜콜한(?) 걸 늘어놓았다고 생각했다.

"그렇습니다."

"흠……. 좋아."

양상춘이 커피를 한 모금 마셨다.

"다음으론 장건후가 슈퍼마켓에서 부린 행패 내용이 무엇이었는지, 자세히 듣고 싶군."

"제가 출동한 것이 아니어서 저도 자세히는 모릅니다만……."

여진환은 복귀 후 소장과 동료에게 들은 내용을 아는 대로 전했다.

현장에 출동한 반장과 순경은 저마다 떠들어 대는 주민들의 정보를—거기서 과장된 내용과 현장에서 반박된(어이, 김씨, 그게 아니지. 내가 본 바로는……)—내용 등을 취합하느라 꽤 고생했지만, 어쨌건 전체적인 내용으론 장건후가 전화를 꽤 오랫동안 기다렸다는 것, 그가 난동을 피운 건 한참 뒤 전화를 건 이후였단 내용이었다.

"그런 것치곤 체포까지 가지는 않았군."

양상춘의 말에 여진환이 머리를 긁적였다.

"아, 예. 당사자가 처벌을 원치 않아서요. 실제로 사람을 폭행하지도 않았고, 파손된 기물이라고 해 봐야 슈퍼마켓에 놓여 있던 전화기가 전부였던지라……."

양상춘은 그 말을 듣곤 픽 웃었다.

"그렇다면 사안은 두 가지로 해석해 볼 수 있겠어. 하나는 그 동네가 아주 순해 빠진 사람들만 모여 사는 낙원이라는 것."

양상춘의 말은 퍽 냉소적이었다.

"다른 하나는 장건후가 거기서 적당한 값을 치르고 나왔을 거란 거지."

"적당한 값……?"

"대충 거기 모인 오지랖 넓은 동네 주민들이 모여 술한잔 할 정도의 돈을 쥐어 주었을 걸세. 그 스스로도 욱해서 저지르고 만 일을 크게 만들지 않았으면 했겠지."

그러면서 양상춘은 '아니면 말고' 하는 식으로 커피를 홀짝였는데, 여진환은 양상춘의 가설을 들으며 퍼뜩 생각했다.

'그러고 보니, 장건후에게 시계랑 금목걸이가 없었던 거 같군.'

여진환은 뒤늦게 깨달은 자신에 대한 반성과 앉은 자리에서 상황을 내다 본 양상춘에 대한 감탄이 반반씩 뒤섞인 얼굴이 됐다.

"생각해 보니 박사님 말씀이 맞는 거 같습니다. 그에게서 금목걸이와 고급 시계가 사라지고 없었거든요."

거기서 꿔다 논 보릿자루처럼 커피만 홀짝이던 강하윤이 끼어들었다.

"아, 그거. 그러고 보니까 금목걸이는 주민 신고에 나온 인상착의에서도 언급된 적 있었지?"

"……그러네요. 주민들도 기억하는 걸 보면 아마 기물 파손 값으로 금목걸이를 대신 치른 모양입니다."

말하면서 여진환은 주민들이 '합의금'을 쏙 빼놓고 전달했다는 사실에 쓴웃음을 지었다.

"됐네. 아무튼 금목걸이니, 시계니 하는 건 별로 중요한 일이 아니니 그건 차치하고."

이미 지나간 일에는 흥미가 없다는 듯 양상춘이 다시 입을 뗐다.

"내 생각에 당시 상황, 즉 장건후가 상대와 통화를 하며 길길이 날뛰었다면, 장건후가 구봉팔을 찾아가서도 썩 환대를 받았을 것 같지는 않군. 정황을 보건대 그는 한 차례 그쪽에게 물을 먹은 뒤니까."

여진환도 그렇게 생각했다.

"하지만 결과적으로 그는 구봉팔의 수족이 되어 돌아왔지. 나는 그 부분이 조금 마음에 걸리는군."

"음, 전화를 받은 구봉팔의 부하가 두목의 뜻을 오해했던 건 아닐까요?"

"그럴 수도 있겠지."

양상춘이 턱을 긁적였다.

"하지만 그 말인즉, 지금의 장건후는 구봉팔의 부하에게도 얕잡아 보일 정도로 위세가 추락했단 뜻도 돼. 그리고 내가 알기로는 장건후가 조폭 서열로 따지면 구봉팔과 비슷한 급이라고 들었는데."

"아, 예. 서로 말을 놓을 정도인 것 같았습니다."

"공교롭군."

양상춘은 커피를 한 모금 마신 뒤 그가 생각한 공교로움에 대해 운을 뗐다.

"나도 조폭들의 생리에 대해 잘 아는 건 아니지만, 풍문에 의하면 대한민국 조폭에게 서열이란 큰 의미가 없는 것으로 아네."

여진환이 어깨를 으쓱였다.

"하긴, 따지고 보면 성과 사회나 다름없거든요, 거기도."

"그 정도인가?"

"예. 게다가 구봉팔 세대는 범죄와의 전쟁 이후 몰락하고 만 옛 건달의 흔적 같은 거니까요. 하물며 구시대와 신세대

사이에는 인식의 차이가 있을 수밖에 없겠죠."

양상춘은 여진환의 말이 퍽 수사적이라 여기며 피식 웃었다.

"잘 아는군. 이거, 번데기 앞에서 주름잡을 뻔했어."

"하하, 그 정도는 아니고요. 저도 어디서 주워들은 게 전부입니다."

한차례 멋쩍게 웃은 여진환이 웃음기를 슬며시 거둬들였다.

"박사님도 아시겠지만, 따지고 보면 얼마 전에 죽은 박길태도 그런 구시대의 대표 부류였고요."

박길태라 하면 양상춘이 모를 리 없는 인물이었고, 이 일에 조금만 관심이 있어도 모를 리 없는 이름이었다.

더군다나 박길태의 죽음은 사실상 지금의 조광이 이 꼴이 난 이유 중 하나이니까.

"그건 왠지 죽은 박길태의 서열도 구봉팔이나 장건후와 비슷했단 걸로 들리는데."

"아마 그럴 겁니다."

양상춘이 고개를 끄덕였다.

"그래, 박길태의 말로를 생각해 보면 대한민국 조폭계에 서열이나 의리 같은 건 명분조차도 안 된다는 걸 알 수 있겠군."

조지훈의 잔심부름이나 하던 박길태는 새파랗게 어린 조세광이 이끄는 패거리에 휘둘리다가 유명을 달리하고 말았다.

그러니 매체에서 언급하는 '조폭들의 의리'니 '철저한 위계 질서' 같은 건 물 건너 일본에서 건너온 야쿠자의 메스컴 속 이미지가 겹치며 만들어 낸 환상에 불과한 것이었다.

여진환이 물었다.

"그런데 박사님께서 이 일을 공교롭다고 하심은 무슨 이유입니까?"

"별거 아닐세. 하면 구봉팔은 어째서 장건후를 받아 주었던 걸까, 하고 생각했을 뿐이지. 자네 말을 빌리자면 '성과 사회'에서 장건후가 구봉팔보다 서열상 위여서 마지못해 그를 받아들이고 만 것 같지가 않거든. 뭐, 그것도 자네를 통해 명분조차 되지 않는단 걸 잘 알게 되었으니 별반 의미는 없지만."

양상춘이 말을 이었다.

"아니면 혹시, 그에게는 내가 모르는 마성의 매력이 있고, 그게 구봉팔의 성향과 맞아떨어지기라도 한 건가?"

"……글쎄요."

여진환이 떨떠름해하며 대꾸했다.

"저도 잘은 모르지만, 그런 건 아닌 것 같습니다."

"그런가?"

"딱히 편견을 갖고 하는 이야기가 아니라, 어디까지나 일반적 관점에선 그렇단 거죠."

그 뒤 여진환이 말을 더했다.

"혹시, 구봉팔은 장건후의 능력을 눈여겨본 건 아닐까요?"

"능력?"

"예, 장건후가 지금은 별 볼일 없는 조폭이지만 예전에도 그랬던 건 아닐 테고, 게다가 어쨌건 구봉팔과 장건후는 같은 세대니까요. 아무래도 경험 면에서 생초짜보단 말이 통하겠죠. 그러니 아무래도 자신의 세를 불릴 필요가 있는 구봉팔은 한 사람이라도 더 자기 부하를 늘려서……."

양상춘이 고개를 저었다.

"별로 그런 것 같지는 않군."

"예?"

"그야, 능력이 있었다면 장건후도 지금 같은 상황에 처해 있지 않았을 테니까. 그렇다면 오히려 조설훈이나 조지훈, 아니면 지금 구봉팔처럼 조성광 회장이 데려가 중히 쓰지 않았겠나?"

"……그건."

"아, 비유일세. 구봉팔은 어디까지나 조설훈과 조지훈이 필요에 의해 앉힌 살아 있는 명분에 불과하단 것쯤은 나도 알아."

"……."

"또, 설령 능력이 되었음에도 사내의 정치적인 문제로 인해 사이드로 빠졌던 거라면, 문전박대 이전에 자신의 세력을 공고히 할 필요가 있는 구봉팔이 먼저 삼고초려하지 않았겠나."

그러면서 양상춘이 냉소적으로 덧붙였다.

"하기는 애당초 조세광 도련님의 뒤치다꺼리나 하던 장건후에게 그 정도 매력과 능력이 있을 리도 만무하지만."

"……."

"아무튼 깡패가 가진 능력이라고 해 봐야 거기서 거기로 고만고만할 텐데, 이미 채비가 갖춰진 '합법적인 회사'에 이름뿐이라 할지라도 무경력 낙하산을 채용해서 괜히 잡음이 나오게 할 필요는 없지."

양상춘은 커피를 한 모금 마셨다.

"그렇다면 답이 나왔군."

양상춘이 담담히 말을 이었다.

"구봉팔이 장건후를 받아 준 건, 그가 가져온 '정보'에 이용 가치가 있단 판단이 섰단 걸세."

"정보라면……."

"자네들이 장건후에게 발설하고 만 어떤 내용이겠지."

그 말에 묵묵히 커피를 홀짝이던 강하윤은 사레가 들릴 뻔한 걸 간신히 참았고, 관계자인 여진환도 불편한 기색을 애써 감췄다.

양상춘은 어찌할 바를 몰라 멀뚱멀뚱 서로의 얼굴만 쳐다보고 있는 여진환과 강하윤을 상대로 가볍게 고개를 까딱였다.
"아, 이 일로 자네 두 사람을 힐난할 생각은 없네. 그럴 자격도 없고."
양상춘이 빙긋 미소 지었다.
"오히려 자네들 덕에 소강상태이던 이 상황에 균열이 가해졌다고 할 수 있으니, 한편으론 잘된 일이지."
그 말에 여진환이 진지한 얼굴로 양상춘을 보았다.
"그게 무슨 말씀이십니까?"
"여기선 일단 자네들이 장건후에게 했던 이야기를 떠올려 보지."
양상춘이 커피를 한 모금 마신 뒤 컵을 내려놓자 반 정도 빈 컵에 담긴 얼음이 달그락거리는 소리를 냈다.
"장건후가 자네들을 통해 알게 된 바는 크게 두 가지일세. 하나는 조설훈의 죽음이 어딘가 수상쩍다는 점."
강하윤은 양상춘의 말을 들으며 가만히 고개를 끄덕였다.
그녀 역시도 그에게 구체적인 내용을 밝히지는 않았으나, 장건후는 조설훈의 죽음에 대한 진상이 현재 경찰의 수사와 자못 다르단 걸 눈치챘을 것이다.
양상춘이 말을 이었다.
"두 번째로는 경찰…… 즉, 강 형사가 올해 초 있었던 새마음아동복지재단의 인수인계에 관심을 갖고 있단 걸세."
강하윤이 물었다.

"하지만 박사님, 그렇게 따지면 관련한 부분은 오히려 저희보단 조세광의 부하였던 장건후가 이미 잘 알고 있지 않았습니까?"

강하윤의 말도 일리가 있었다.

오히려 새마음아동복지재단에 대한 내용을 들은 건 이쪽이지, 장건후에게 새로운 사실을 전하지는 않았던 것이다.

양상춘이 고개를 끄덕였다.

"맞아. 장건후는 얼마 전까지 조세광 밑에서 굴렀던 인물이니, 그 자금이 어디서 나오고 어디로 흘러갔는지 우리보다 더 자세히 알고 있겠지."

"그러면……."

양상춘이 강하윤의 말을 끊었다.

"어느 정보가 유의미해지려면 그 정보가 필요한 시기와 상황이 현재와 맞아떨어져야 하는 법이네. 만약 내가 어쩌다 우연히 학계에 발표된 적 없던 훈민정음 해례본을 손에 넣었다 치더라도, 거기엔 역사적 의의와 학술적 가치 외엔 없을 것일세. 마찬가지로 장건후가 가지고 있던 조세광에 관한 정보는 오늘 자네들로 인해 비로소 가치가 있는 것으로 탈바꿈하였지."

"……."

"자, 그러면 여기서 우리는 장건후가 많고 많은 사람들 중 구봉팔을 찾아간 이유까지 알 수 있게 되었네. 그건 조설훈의 죽음이 이성진이라는 인물의 존재와 무관하지 않을 듯하단 직감이 들었던 것이겠지. 아니면, 이미 구속이 끝난 조세광에게 추가 혐의를 적용하고자 찾았을까? 아니, 그건 이미 자네들이 장건후에게 정보를 얻는 대가로 상쇄되었어. 하물며 장건후가 시한부 인생을 선고받아 마음을 고쳐먹지 않는 이상, 조세광이 선 재판장에 참고인으로 설 일은 없을 것일세."

제법 긴 말을 쏟아 낸 양상춘은 입안이 마른 모양인지 커피를 한 모금 마셨다.

이번에는 여진환이 물었다.

"박사님, 그러면 장건후는 경찰이 조설훈의 죽음과 새마음아동복지재단의 자금 유용 사이에 어떤…… 모종의 관련성이 있다고 생각한 걸까요?"

"그 정도는 아니야."

양상춘이 대답했다.

"장건후가 이성진을 아는지 모르는지는 차치하더라도, 그 역시 이성진이 조세광으로부터 새마음아동복지재단을 인계받은 것 자체는 조설훈이 사망한 사건과 무관하다고 판단했을 걸세."

여진환이 머리를 긁적였다.

"하긴, 그렇습니다. 당시만 하더라도 조세광이 사람을 죽일 거라고는 아무도 상상하지 못했을 테니까요."

아직 수사 중인 사안이기는 하나, 조세광이 박길태를 죽인

건 명백한 우발 범죄였다.

그러나 조세광이 박길태를 죽인 것으로 인해, 그 나비효과는 작금의 조광이 경영상 위기에 처하게 만드는 결과를 불러일으켰다.

'그러니 설령 이성진이 배후에서 어떤 수작을 부렸다고 한들, 그것 자체는 조설훈의 죽음과 직접적으로 이어지지 않아.'

짧게 생각을 마친 양상춘이 고개를 끄덕였다.

"하지만 그로 인해 구봉팔이 조세광에게서 해방되었어. 그게 지금의 구봉팔이 있게 한 계기였다는 것쯤은 그도 잘 알 테지."

양상춘은 잠시 생각을 정리하는 모양인지 한 차례 뜸을 들였다가 다시 말을 이었다.

"여기서 우리가 주목할 점은 새마음아동복지재단 그 자체가 아닌, 이성진이란 인물이 구봉팔의 배후에 있었단 점이야. 게다가 마침 시기가 공교롭게도 조설훈의 죽음에 미심쩍은 부분이 많다고 생각하는 경찰이 찾아와서 새마음아동복지재단에 관해 물어보았지."

그 말에 강하윤과 여진환은 어색한 미소로 서로를 보았다.

양상춘은 그런 두 사람을 힐끗 쳐다보곤 재차 말했다.

"아무튼, 이때 장건후는 조설훈의 죽음에 경찰이 구봉팔이나 이성진이란 인물이 관련되어 있거나 수상하다고 여기

는 중이란 걸 직감한 걸세. 이는 장건후에게 쓸 만한 패가 되었지. 그가 자신의 안위며 지위를 보장받고자 한다면, 조광에서 새로이 떠오르는 별인 구봉팔을 찾아가서 '경찰이 그쪽을 수상히 여긴다'는 내용을 까발리기만 하면, 일은 그의 바람대로 이루어지지 않겠나."

양상춘의 말에 여진환은 문득 무슨 생각이 들었는지 표정이 딱딱하게 굳었지만 입을 열지는 않았다.

양상춘은 그런 여진환의 변화를 몰래 살피며 말을 이었다.

"……여기서 우리는 구봉팔의 향후 행적에 따라서, 그가 조설훈의 죽음에 개입해 있거나 무관하다는 것을 알게 되겠지. 나아가 이성진이 연루되어 있거나 무관하단 내용까지도."

강하윤이 조심스레 물었다.

"그러면 박사님께서 이 일을 한편으론 잘된 일이라 말씀하신 건……."

양상춘이 고개를 끄덕였다.

"그래, 앞으로 있을 구봉팔의 행동 변화를 보고자 함일세."

"……."

"만일 구봉팔이 조설훈의 죽음에 연관된 인물이라면, 그는 경찰의 수사망이 자신을 향해 좁혀질 걸 우려할 테지."

하기야, 생각해 보면 구봉팔 역시 조설훈과 조지훈의 죽음으로 이득을 볼 인물 중 한 사람이었다.

결과적으로 그는 조설훈과 조지훈 양 파벌과 무관한 상황에서 지금의 자리에 오른 인물인 데다 각 파벌을 대표하는 이들의 죽음으로 인해 더 이상 허수아비 노릇을 하지 않아도 되는 상황이었다.

더군다나 그는 조세화 명의로 된 사업체 몇 개를 운영 중이니 현재 조광의 최대주주로 급부상한 조세화를 잘만 이용한다면 조광을 꿀꺽할 수도 있는 입장.

양상춘은 두 사람이 구봉팔에게 혐의를 적용할 수 있는 상황임을 이해하고 있다는 걸 확인한 뒤 말을 이었다.

"아무튼 간에 구봉팔이 조설훈의 죽음과 무관하다면, 그는 장건후가 가져온 정보를 대수롭지 않게 여기며 하던 일을 쭉 이어 가겠지. 하지만 구봉팔이 조설훈의 죽음과 조금이라도 연관이 있다면……."

양상춘이 말을 이었다.

"……아마 어떤 식으로든 새마음아동복지재단을 처분하려 하겠지."

"새마음아동복지재단을요?"

강하윤이 당황하며 끼어들었다.

"새마음아동복지재단은 구봉팔의 기반이 아닙니까."

양상춘이 고개를 저었다.

"지금은 아니지. 아니, 오히려 지금 상황에서 구봉팔에게는 아킬레스건이기도 하다네."

"그건……."

강하윤이 침을 꼴깍 삼켰다.

"저희가 장건후에게 새마음아동복지재단에 관해 질문을 해서입니까?"

"그래."

양상춘이 고개를 짧게 끄덕였다.

"이때 구봉팔이 이성진과 여전히 관계를 유지하고 있다면 그에게 재단 경영권을 넘길 것일세. 그렇지 않다면, 조광 그룹 내에서 믿을 만한 사람을 찾아 양도하거나 할 거라고 보네. 그렇게 될 경우, 우리는 그가 새마음아동복지재단을 떠넘긴 사람에 주목하면 되겠군."

양상춘이 덧붙였다.

"아, 한 가지 예외가 있다면 구봉팔이 조세화에게 재단의 경영권을 넘기는 경우일세. 강 형사도 그녀와 대화를 나눠보아서 알겠지만, 조세화는 부친의 죽음에 비통해할 뿐만 아니라 진범에 대해 비분강개하고 있었으니까. 암만 그래도 조세화가 존속살인을 저지르고 그런 얼굴을 할 수 있으리란 생각은 들지 않거든."

"……."

"게다가 그런 것이라면 우리는 처음부터 끝까지 그녀 손에 놀아난 꼴이 되겠군. 뭐, 그 정도라면 깔끔하게 패배를 인정해도 억울하지는 않겠어. 조세화도 이왕이면 연예계로 진출

해 대한민국을 빛내 줄 인재가 되었으면 좋겠고."

양상춘의 상황에 걸맞지 않은 냉소 섞인 농담에 강하윤은 떨떠름해하는 얼굴을 감추지 않았다.

"지금 박사님의 생각은 굉장히 극단적입니다."

"조세화에 대한 혐의 말인가?"

"아뇨, 그게 아니라."

강하윤이 미간을 찌푸렸다.

"현재 SJ컴퍼니는 새마음아동복지재단의 가장 큰 후원자인데, 그가 새마음아동복지재단을 넘긴다면 아무래도 성진이에게 넘기는 것이 명분상 합리적이지 않습니까? 더군다나 성진이는 이미 다른 장학 재단도 경영하고 있으니 말입니다."

강하윤이 말을 이었다.

"게다가 지금 구봉팔이 처한 입장을 생각해 본다면, 그도 더 이상 새마음아동복지재단 하나에 집중할 여력이 없을 테고 말입니다. 그도 그럴 것이 구봉팔은 지금 조광의 차기 실세가 되느냐 마느냐의 기로에 서 있지 않습니까?"

양상춘이 고개를 저었다.

"일견 그럴듯하게 들리지만, 자네의 견해는 새마음아동복지재단의 특수성을 고려하지 않은 것이군."

"……그게 무슨 말씀이십니까?"

"자네는 지금 깜빡한 모양이지만, 새마음아동복지재단은

조광의 조세 포탈 창구로 쓰이던 곳이야."

양상춘의 말에 강하윤은 아차 싶은 얼굴을 했고, 양상춘은 그에 아랑곳하지 않으며 말을 이었다.

"책임자가 조금만 회계 장부를 들여다보아도 수상쩍은 자금 흐름이 다 보일 텐데, 자네는 그걸 생판 남에게 양도할 수 있을 것이라고 보는가?"

"……."

"그러니 그걸 이성진에게 넘기는 것이야말로 구봉팔이 이성진과 긴밀히 연루되어 있다는 상황증거나 다름없단 말일세. 즉, 이성진이 새마음아동복지재단을 인수한다면, 그 역시 정황상 더 이상은 '순수한 의미'의 기부자가 아니게 된단 뜻이지."

양상춘의 추리는 틀리지 않았다.

실제로 당시 구봉팔은 조설훈의 죽음에 이성진이 관여해 있을지 모른단 생각을 했고, 그래서 어떤 식으로든 이성진과 자신을 구분하기 위해 새마음아동복지재단을 이성진에게 떠넘기려 했다.

하지만 이성진은 장건후를 통해 강하윤이 새마음아동복지재단에 주목하고 있다는 것을 알고 난 뒤, (다른 이유로) 새마음아동복지재단을 인수하는 것은 아직 시기상조라 여기고 이를 보류하였다.

그러니 지금은 이성진 입장에선 불행 중 다행이라고 할 만한 전개였다.

양상춘이 고개를 돌려 생각에 잠긴 여진환을 보았다.

"여 순경, 혹시 이후로 장건후와 연락할 일이 있을 것 같은가?"

양상춘의 질문에 움찔한 여진환은 한참을 망설이다가 되물었다.

"장건후 말씀이십니까?"

"음, 이왕이면 몸통을 대상으로 삼는 것보단 꼬리에 주목하는 편이 허점을 노리기 쉽지 않은가 해서."

"……."

여진환은 아랫입술을 꾹 깨물었다가 힘겹게 입을 뗐다.

"실은……."

여진환은 두 사람에게 장건후가 '거래'를 제안했단 내용을 털어놓았다.

"……뒤늦게 말씀드려서 죄송합니다."

"……세상에."

내용을 듣고 경악해서 말을 잇지 못하는 강하윤과 달리, 양상춘은 담담했다.

"아니, 신경 쓰지 말게."

양상춘은 생각에 잠겨 '거래, 거래.' 하고 중얼거리다가 여진환에게 물었다.

"거래라. 장건후가 그렇게 말했나?"

"예. 정확히는 자신이 구봉팔의 약점을 찾아낼 테니, 저에겐 그걸로 조설훈을 살해한 진범을 찾으란 식의 내용으로 접근했습니다."

"……흠."

양상춘이 고개를 끄덕였다.

"이건 둘 중 하나군."

오늘따라 유달리 '둘 중 하나'가 많다고 생각하면서 강하윤이 물었다.

"뭡니까?"

"하나는 장건후가 구봉팔 입장에선 천하에 둘도 없는 개자식에 야심가라는 점."

양상춘의 입에서 거친 말이 나오자 강하윤은 당황했지만, 양상춘은 아랑곳하지 않고 말을 이었다.

"다른 하나는 장건후가 자네를 이용할 생각이란 거라네."

……이용? 장건후가 경찰을 상대로?

어리둥절해하는 여진환을 향해 양상춘이 물었다.

"아니면 혹시 장건후가 자네와 어릴 적 생이별한 친형인가?"

양상춘의 난데없는 말에 여진환이 눈썹을 찡그렸다.

"갑자기 그게 무슨 말씀이십니까?"

"아니면 혹시 장건후에게 목숨을 빚진 적이라도?"

"……."

양상춘이 어색해진 분위기를 깨트리는 웃음을 픽 하고 터뜨렸다.

"그런 게 아니면, 생판 남인 장건후를 그렇게 덥석 믿어버릴 리가 없지."

그제야 여진환은 고개를 끄덕였다.

"아, 그런 말씀이셨군요."

"생판 타인에게 '내가 누구를 배신할 생각인데 나를 도와주시오.' 하고 부탁하는 멍청이가 세상 어디 있겠나? 누군가를 배신하겠단 건 다시 말해 이해 당사자도 배신할 것을 암시하는 것일세. 하물며 경찰과 범죄자라. 퍽이나 신뢰가 쌓일 관계로군."

곁에 있던 강하윤이 머리를 긁적이더니 슬쩍 끼어들었다.

"그러면 박사님 생각에 그런 제안을 한 장건후는 바보……입니까?"

오늘 딱 한 번 보았을 뿐이지만 그렇게는 안 보였는데.

양상춘이 고개를 저었다.

"아니, 그도 이번 제안으로 여 순경에게 자신이 어떻게 비칠지 정돈 알고 있을 거야."

"예?"

"애당초 배신을 전제로 한 '거래'이지 않나. 장건후는 오히려 약삭빠른 인물이라고 봐야겠지. 이를테면……."

양상춘이 말을 이으며 커피 잔을 들어 올렸다가 인상을 찌

푸렸다.

“이거 원, 얼음이 벌써 다 녹아서 물이 더 많게 됐군.”

여진환이 벌떡 일어섰다.

“제가 사 오겠습니다.”

“그래 주겠나? 그러면…….”

양상춘은 여진환의 앞에 놓인 조그만 에스프레소 잔을 쳐다보았다.

“그거로 부탁하지.”

양상춘의 말에 강하윤이 기겁했다.

“예? 박사님, 저는 추천하지 않습니다만. 그거, 굉장히 씁니다.”

“나도 알아. 직접 실증해 낼 수 있는 무해한 건 다 체험해 보잔 주의여서 예전에 딱 한 번 마셔 보았지.”

당시를 떠올렸는지 양상춘이 인상을 살짝 찌푸렸다.

“내 입엔 영 아니더군.”

“그런데도 말씀이십니까?”

질색하는 강하윤을 두고 양상춘은 고개를 끄덕인 뒤 여진환을 보았다.

“마침 여 순경이 커피에 조예가 깊다고 들어서. 그라면 에스프레소를 마시는 올바른 방법을 내게 지도해 주지 않을까 싶네만.”

왠지 모르게 여진환은 감동한 얼굴이었다.

"물론입니다, 박사님."

"그러면 부탁하네."

"예! 아, 선배님은요?"

"나는 됐어."

여진환이 커피를 주문하러 자리를 뜨자, 강하윤은 한숨을 내쉬며 고개를 저었다.

"대체 무슨 생각인지 모르겠습니다."

"나도 마찬가지네. 어째서 구봉팔은 여 순경에게 장건후를 붙인 것일까……."

강하윤은 '박사님이 에스프레소를 마시려 한다는 게 궁금했던 겁니다만.' 하고 받아치려다가 막상 양상춘의 입에서 나온 말에 놀라 눈을 동그랗게 떴다.

"예? 구봉팔이 말씀입니까?"

"음, 그러니까……."

자연스레 강하윤의 말에 대답하려던 양상춘은 한 차례 입을 다물었다가 카운터에서 에스프레소를 주문하는 여진환을 쳐다보며 말했다.

"다음 이야기는 여 순경이 돌아오거든 계속하지. 같은 이야기를 두 번 반복해서 하면 나도 피곤하니까."

"……."

강하윤은 떨떠름해하는 얼굴로 고개를 끄덕였다.

다행히 기다림은 길지 않았다.

에스프레소라는 명칭의 유래처럼 여진환은 금방 에스프레소를 받아 자리로 돌아왔고, 그 곁에 설탕이 담긴 자그마한 봉투를 둔 쟁반을 양상춘 앞에 내려놓았다.

"주문하신 에스프레소 나왔습니다."

강하윤이 여진환을 보며 '여기 직원인가.' 하는 생각을 할 정도로 그는 적극적이었다.

"음, 고맙네. 잘 마시지."

"아, 잠시만요. 저번에 마신 에스프레소가 별로였단 말씀을 하셨죠?"

여진환이 설탕 봉투를 뜯어 양상춘을 보았다.

"설탕을 넣으면 거부감이 덜하실 겁니다."

"자네의 추천대로 하지."

양상춘은 여진환이 건넨 설탕을 받아 에스프레소 잔에 넣은 뒤, 숟가락으로 휘휘 저어 한 모금 마셨다.

"……이거, 괜찮군."

"그렇죠?"

"아니, 정말 괜찮은데. 비록 설탕을 넣긴 했지만 전에는 이런 맛이 아니었다네. 왠지 향도 맛도 더 풍부한 느낌이야."

양상춘의 말에 여진환이 싱글벙글 웃는 얼굴로 물었다.

"저번에 에스프레소를 드신 건 언제쯤이었습니까?"

미간을 가볍게 찡그리며 생각에 잠겼던 양상춘이 이내 입을 뗐다.

"음……. 꽤 오래전이었지. 당시 국내에는 이런 전문 카페는커녕 다방이 더 많을 때였으니까. 일본에 갔을 때 있기에 호기심에 마셔 보았지만, 그땐 아주 실망을 했거든. 해서 나는 에스프레소란 대체로 다 이런 맛이거니 생각했지 뭔가."

"그러셨군요."

여진환이 고개를 끄덕였다.

"아마 박사님께서 일본에서 드셨던 에스프레소는 원두가 별로였거나 기계가 형편없었던 것이었나 봅니다."

"그런가?"

"예. 에스프레소는 높은 기압으로 단번에 뽑아내야 하는데, 어중간한 기계를 사용하면 안 쓰느니만 못한 맛이 나오게 되죠. 하지만 로스트 빈은 신화호텔에서 쓸 정도의 좋은 원두를 사용하는 데다 고급 에스프레소 머신을 사용하고 있으니 흉내만 낸 어중간한 것과는 차원이 다른 풍부한 맛과 향을 자랑하는 겁니다."

장황설을 늘어놓는 여진환을 보며 강하윤은 그가 로스트 빈 명예 홍보대사로 취임해도 되겠다고 생각했다.

'하긴, 생각해 보면 박사님은 사무실에서 진하게 탄 믹스커피를 즐겨 드셨으니…… 에스프레소가 취향에 맞는 걸지도 몰라.'

양상춘은 흡족한 얼굴로 에스프레소를 한 모금 더 마신 뒤 잔을 내려놓았다.

"잘 마셨네. 덕분에 개안할 수 있었어. 여 순경이 아니었다면 나는 평생토록 에스프레소에 대한 편견을 갖고 살았을 뻔했군."

"아닙니다. 즐겨 주셨다니 제가 더 기쁜데요."

정말로 뒷돈 같은 걸 받은 건 아니겠지?

강하윤은 떨떠름한 표정을 감추지 않으며 아이스 아메리카노를 홀짝인 뒤 컵을 내려놓았다.

"커피 예찬도 좋지만, 이제 슬슬 본론으로 돌아가는 건 어떻습니까?"

강하윤의 말에 양상춘이 고개를 끄덕였다.

"그래, 지금은 커피를 음미하기 전에 하려던 이야기를 마저 끝내는 게 우선이겠지."

여진환은 아쉬운 듯 입맛을 다셨지만, 강하윤은 그런 여진환에 질색하며 고개를 저었다.

양상춘이 어조를 고쳐 입을 뗐다.

"방금 전까지 우린 장건후가 약삭빠른 인물이란 이야기를 했지."

"아, 예. 그렇습니다."

여진환도 표정을 다시 진지하게 고쳐 양상춘의 말을 받았다.

"그러면 박사님께서는 장건후가 저에게 의도적으로 접근한 것이란 말씀입니까?"

"그렇다고 봐야겠지. 아마, 여 순경이 오늘 장건후의 집을 찾지 않았더라도 조만간 그에게서 자네에게 연락이 갔을 걸세."

양상춘이 말을 이었다.

"그리고 사실상 장건후가 자네에게 접근한 건, 경찰을 가까이 두고 수사가 진행되는 걸 지켜보잔 구봉팔의 심산이겠지."

정확히는 구봉팔이 아니라 이성진의 지시였고, 이성진의 지시는 '여진환' 개인을 콕 짚어 그 뒷조사를 의뢰한 것이었지만 여기 있는 사람들이 그 내막을 알 턱은 없었다.

"구봉팔 말씀입니까?"

여진환이 눈을 치떴다.

"구봉팔이 저를 왜……."

여진환에게 구봉팔은 면식은커녕 말 그대로 이름만 들어보았을 뿐인 인물이었다.

하물며 여진환은 고작해야 순경에 불과했고—곧 형사로 배속될 예정이긴 하지만—지금의 구봉팔쯤 되는 인물이 일개 순경에게 관심을 가지고 있단 것이 의아했던 것이다.

관련한 의문은 강하윤도 품고 있었다.

구봉팔이 어째서 장건후를 시켜 여진환에게 접근하도록 만들었는가 하는 건, 그녀가 생각하기에도 이해가 가질 않는 부분이었다.

양상춘은 턱을 긁적이더니 에스프레소를 한 모금 마시곤 잔을 내려놓았다.

"솔직히 말하면, 나도 모르겠네."

"예?"

강하윤이 끼어들었다.

"그런데 박사님께선 왜 장건후가 구봉팔의 사주를 받아 여순경에게 접근한 거라고 생각하셨습니까?"

"목적이 너무 뻔했거든."

양상춘이 담담하게 대답했다.

"백번 양보해서 그가 정말로 구봉팔의 뒤통수를 칠 생각이었을 수도 있지만, 그건 아무래도 너무 가망이 없으니 배제하겠네. 아무리 생각이 없는 사람이라도 그 나이 되도록 그 바닥에서 구른 인물이 지금 대세가 누군지조차 모른단 건, 아직 살아 있는 것 자체가 기적 아니겠나."

"……."

"애당초 장건후는 한 차례 '줄을 탔던 인물'이네. 그는 조세광을 배신해 박순길 형사의 편을 들었던 인간이지. 나는 그 정도 판단 능력이 있는 인물이 그런 터무니없는 야망을 품었을 리 없다고 보는데, 자네 생각은 어떤가?"

강하윤은 대답하지 못했고, 박순길이 장건후를 취조(?)하던 당시 근처에 있었던 여진환은 그럴듯하단 생각을 하며 고개를 끄덕였다.

"하긴, 그때 이미 장건후는 구봉팔과 손을 잡으려 생각하고 있었으니까요."

"그랬나?"

"예. 정확히는……."

이런 말을 해도 될까, 잠시 망설인 여진환은 곧 말을 이었다.

"박순길 형사님이 장건후에게 그러길 종용하셨거든요."

"박 형사가?"

"예."

박순길이 아지트에서 장건후와 지동훈을 설득(?)하고 있을 때 여진환은 아지트 바깥에서 추이를 지켜보고 있느라 정확히 무슨 이야기가 오간 건지는 잘 몰랐다. 하지만 이후 회식 자리에서 박순길이 자신의 무용담(?)을 떠들어 댄 덕분에 그가 어떻게 장건후를 설득했는지는 조금 아는 편이었다.

'게다가 단란주점에서 이미 한 차례 그쪽 이야기가 나오기도 했고.'

이후 여진환이 간추려 전달해 준 박순길의 이야기를 들은 양상춘은 고개를 끄덕였다.

"솔직히 말하면 나는 박 형사를 그렇게 높이 안 봤는데, 그에 대한 평가를 정정해야겠군."

"하하, 보기와는 다른 분이시죠."

"그러게 말이야."

박순길은 자신이 없는 자리에서 평가치가 높아진 걸 알까?

빙긋 웃어 보인 양상춘은 어조를 바꿔 말을 이었다.

“아무튼 현재 장건후가 비빌 곳이라곤 구봉팔이 최선이자 유일하다네. 조세광의 아래에서 그가 구속되는 데 힘을 보탠 인물이니 조설훈 파벌에 줄을 댈 수도 없을 것이고, 대척점에 선 조지훈 파벌에 붙자니 그 부하들은 박길태의 죽음을 뻔히 보고도 입 다문 자들이지.”

비록 ‘배신한 증거’는 없다지만, 그렇다고 장건후가 각 파벌에 밉보이지 않을 이유도 없는 것이다.

장건후 입장에서야 조금 억울(?)할지도 모르지만, 사태가 이 지경까지 불거진 건 결국 부하 관리를 못한 장건후의 책임도 뒤따르는 것이므로.

“그러니 장건후는 무슨 수를 써서라도 구봉팔 아래에 들어가 기회를 엿보는 것이 중요한데, 그가 구봉팔을 배신해 그 자리를 차지한다 한들, 그런 장건후를 따를 사람이 조직에 누가 있겠는가?”

여진환이 고개를 끄덕였다.

“즉, 장건후가 구봉팔을 배신해 봐야 아무런 이익이 없단 거군요.”

“긁어 부스럼이나 만들지 않으면 다행이지. 그러니 나는 어디까지나 상식선에서 장건후가 구봉팔의 뒤통수를 칠 리는 없다고 생각했다네. 뭐, 의도와 목적이 비상식적일 수도 있단 가능성 자체를 배제하지는 않겠지만 말이야. 자네들도 알겠지만 사람이란 종종 오답이 뻔한 어리석은 판단을 하곤 하거든."

양상춘의 말을 들은 여진환이 고개를 갸웃했다.

"그러면 장건후는 저에게 왜 그런 식으로 이야기를 한 걸까요?"

양상춘이 담담한 말씨로 대답했다.

"아마도 그는 그게 자네에 접근할 그럴듯한 구실이라 판단했을 걸세."

"……접근할 구실."

"그래. 그렇다면야 설령 자네가 장건후의 본의를 의심하더라도 상관없지. 내 생각이 맞는다면 장건후의 목적은 어디까지나 여 순경의 행동을 감시하는 것에 있으니, 자네에게 접근하는 구실이야 뭘 갖다 붙이건 그럴듯하단 느낌만 전달하면 그만인 걸세."

거기까지 말한 양상춘은 몇 모금 마시지도 않았는데도 금세 얼마 남지 않게 된 에스프레소를 마저 한 모금 마셔 잔을 싹 비우곤 입맛을 다셨다.

"……다만 그런 것치곤 장건후가 자네에게 접근할 구실로 내세운 것이 자못 흥미롭긴 하더군."

"배신 말씀입니까?"

"아니, 그거 말고."

양상춘이 빈 잔을 내려놓으며 말을 이었다.

"그가 '조설훈의 죽음'에 대한 진상을 언급했단 걸세."

"그건……."

여진환이 말끝을 흐렸다.

확실히, 장건후는 그에게 제안하길 '조설훈을 살해한 진범을 잡자'고 했다.

"음. 그가 구봉팔의 사주를 받아 자네에게 접근한 것이라면, 가설이긴 하지만 다시 말해 구봉팔 역시도 조설훈의 죽음을 미심쩍어한단 의미거나……."

양상춘은 한 차례 뜸을 들였다가 말을 이었다.

"자신이 한 행동의 꼬리가 밟히지 않도록 허위 정보를 흘리려 한단 의미겠지."

"그러면."

강하윤이 끼어들었다.

"박사님 말씀은 구봉팔이 조설훈을 살해한 진범이란 말씀입니까?"

"어디까지나 가설일 뿐이네. 나도 구봉팔이 장건후를 시켜 여 순경에게 접근한 이유는 짐작이 가질 않는다고 하지 않았나."

양상춘이 단호하게 선을 그었다.

"어쩌면 구봉팔은 그저 조설훈에게 갚아야 할 '의리'가 있는 걸지도 모르지. 뭐, 나도 그를 만나 본 적이 없으니 판단은 유보하겠지만, 내가 그런 생각을 떠올릴 정도로 짐작이 가질 않는 행동이야. 그것도 아니라면.”

양상춘이 망설이다가 입을 뗐다.

“……그들은 이미 이성진과 손을 맞잡은 뒤일 수도 있고.”

양상춘의 말에 강하윤과 여진환은 불편한 기색으로 서로의 얼굴을 마주 보았다.

“아, 여기서 내려 주시면 됩니다.”

강하윤의 말에 양상춘은 빌라가 다닥다닥 모인 주택 단지 입구에 차를 세웠고, 차에서 내린 강하윤은 양상춘을 향해 꾸벅 허리를 굽혀 인사했다.

“바래다주셔서 감사드립니다. 박사님.”

“그래, 조심해서 들어가게.”

“예.”

그녀는 양상춘에게 여진환이 없는 장소에서 따로 묻고 싶은 것도, 올라와서 커피라도 한잔하고 가란 인사치레가 예의라는 것도 알았지만 그러기엔 밤이 너무 깊었고, 그건 딱히 마땅한 구실도 아니었다.

더욱이 그녀 자신도 그제야 들이닥치는 피로감에 하품을

참느라 주저하는 사이 양상춘이 기어를 넣었다.

강하윤은 멀어져 가는 양상춘의 차를 물끄러미 쳐다보다가 한숨을 내쉬었다.

"……휴우."

강하윤에게 오늘은 여러모로 피곤한 하루였다.

오전에는 장건후를 만나 취조 아닌 취조를 했고, 이후엔 이성진을 만나 점심을 함께하며 그 의중을 캤다.

오후도 바쁘기는 만만치 않아서, 서류에 시달리다가 퇴근 후엔 양상춘을 만나 이런저런 일을 다 마치고 돌아왔더니 벌써 자정.

내일도 아침 일찍 출근해야 하는 그녀로서는 모쪼록 오늘 밤만큼은 이 피로감에 휩싸여 푹 잠들길 바랐다.

'……아, 샤워도 해야지.'

터벅터벅 엘리베이터도 없는 낡은 빌라 5층까지 계단을 올라온 그녀는 곧장 침대로 쓰러지고 싶은 걸 간신히 참으며 욕실로 향했다.

강하윤은 쏟아지는 물줄기를 받으며 잠시 생각했다.

사건은 가까이 다가갔다 싶으면 멀어지고, 단서를 모아 중요 인물을 좁혀 정리할수록 안개가 짙어지는 느낌이었다.

이성진의 알리바이를 풀어냈다 싶었더니, 그에 못지않은 동기와 실행 능력을 가진 구봉팔이 대두되었다.

「다만 나로서도 의문인 것은, 구봉팔이 조설훈의 죽음과 관련된 진실을 파헤치려 하는 이유를 모르겠단 걸세.」

매사가 확신에 차 있는 것으로 보이던 양상춘의 말치고는 어딘지 소극적이었다.

그러면서도 양상춘은 조설훈을 살해한 '유령'의 정체가 구봉팔이라거나 그 사주를 받은 인물이라고는 확신하지 않았는데, 이유인 즉.

「그런 것치곤 너무 직접적이란 생각이 드는군.」

그 자리에선 묵묵히 듣고 있었지만, 강하윤은 양상춘의 사고가 편협하다고 생각했다.

양상춘이 이성진을 '가장 큰 이득을 보는 인물'이란 이유로 용의선상에 놓았다면, 구봉팔 역시도 마땅히 용의선상에 올려놓아야만 공평하지 않겠는가.

하지만 양상춘의 생각은 제법 단호했다.

「조설훈의 죽음으로 구봉팔은 이득 볼 일이 없어. 아니, 좀 더 정확히 말하자면 그는 조설훈과 조지훈의 싸움 속에서 어느 쪽이 이기건 간에 이득을 볼 인물이라 할 수 있지. 오히려 꼬일 대로 꼬인 현 상황보단 두 사람이 살아 있어야 구봉

팔이 줄타기를 하는 게 편하다네. 게다가 이번 사건은 경찰 수사 결과와 달리 특수한 변수가 남아 있단 것에 주목해야 하지.」

양상춘이 말한 특수성이란 '조설훈에게는 조지훈을 살해할 의도와 목적'이 있었단 것이었다.

범인은 조지훈을 살해하고 난 뒤의 조설훈을 따로 결박 후 살해해야 했다.

「그 판단은 현장에서 이루어졌을 것이며, 동시에 석동출 형사의 동의도 이뤄져야 할 일이라네.」

양상춘의 입에서 석동출이 언급되자 여진환이 움찔하던 걸, 강하윤은 놓치지 않았다.

양상춘이 말을 이었다.

「나도 석동출 형사가 누군가 하는 건 정확히 모르지만, 내 생각에는 상대의 제안이 아무리 달콤하다 한들 그가 깡패와 손을 잡아 가며 경찰로서의 신념을 저버릴 인물로는 생각되지 않는군.」

여진환이 끼어들었다.

「그러면 박사님, 이건 석동출 형사가 위증을 철회하고 제대로 된 증언을 한다면 해결될 문제가 아닙니까?」

양상춘은 여진환을 물끄러미 쳐다보다가 어깨를 으쓱였다.

「이제 와서? 이미 그는 얻으려는 걸 다 얻었고, 그건 석동출 형사가 위증을 하던 시점에 이미 내적 결론이 난 일일세. 자백제나 고문을 하지 않고서야 그가 입을 열 거라곤 생각이 들지 않아. 그리고 석동출 형사는 조설훈이 죽는 것이야말로 정의 구현이라 판단했을지 모르지.」

하긴, 말하는 내용이 냉소적이었단 건 차치하더라도 양상춘의 말마따나 석동출이 지금 와서 증언을 철회하고 진실을 밝힌다 한들, 배성준의 유공자 자격이 취소되고 그에게도 위증죄가 적용되는 결과가 뒤따를 뿐이다.

강하윤이 끼어들었다.

「……그러면 성진이는 다릅니까?」

양상춘은 강하윤의 날 선 질문에 그녀를 물끄러미 쳐다보았다.

「다르다니?」

「석동출 형사가 현장에서 조설훈을 살해하고자 하는 범인의 행동에 동의했다면, 구봉팔의 행동에도 동의할 수 있는 일이 아닙니까?」

「음.」

강하윤은 꿀 먹은 벙어리가 된 양상춘을 보며 제대로 한 방 먹인 것이라 생각했다.

하지만 양상춘은 잠시 뜸을 들이더니 대답에 운을 뗐다.

「……이건 나도 어제 조세화를 만나 대화를 나눠 보고 난 뒤 떠올린 생각이어서 아직 미처 정리되지 않은 것이네만.」

양상춘이 어조를 고쳐 물었다.

「만일 조설훈이 거기서 살아남았다면, 그다음 표적은 누구였을 것 같은가?」

다음 표적?

강하윤이 흔들리는 눈으로 양상춘을 보았다.

「설마, 박사님께선 조설훈이 다음으로 성진이를 노렸을 거란 말씀입니까?」

「음. 어디까지나 정돈되지 않은 내 생각일 뿐이지만.」

양상춘이 말을 이었다.

「만일 내가 조설훈이라면, 자신을 궁지로 몰아넣은 것이 전부 다 이성진의 술책이었다고 생각해도 이상하지 않을 것 같군.」

「…….」

실제로, 어쩌면 우연의 일치일지도 모르지만, 조설훈의 계획에 사사건건 훼방을 놓은 건 이성진이었다.

「결과론이지만 이성진은 조설훈의 앞길을 가로막은 원인의 단초를 제공한 인물이자 조세화의 믿을 만한 조력자일세. 또한 조성광 회장의 유언장에는 상속 대상에 조세화가 명시되어 있었으며, 이 결과는 조설훈이나 조지훈이 살아 있었다고 한들 변치 않았을 것이야.」

양상춘이 고개를 저었다.

「이성진이 그 정보를 사전에 알고 있었는지 아닌지, 나는

모르네. 하지만 만일 이성진이 관련 내용을 알고 있었다면……」

한차례 턱을 긁적인 양상춘이 말했다.

「조설훈 입장에서 이성진은 자신의 앞길을 가로막은 가장 큰 적인 셈이지.」
「즉, 따라서 만일 성진이가 조설훈을 살해하였다면 그건……」

양상춘이 고개를 끄덕였다.

「법리 적용에 문제는 있겠지만, 나름대로 사전에 정당방위를 행사한 것이 될 걸세.」
「……」
「석동출 형사도 그 일을 알고 범행에 동의하였다면 그에게도 사적 제재이긴 하나 응당 죽어 마땅한 악인이 처단된 것이 되겠지. 하물며 조설훈은 배성준을 죽였을지 모를 인물이 아닌가. 해서, 석동출에게도 그 일에 위증을 한 것이 신념에 어긋나는 일은 아닐 거란 게 내 생각이네. 그리고 어쩌면…… 배성준 형사의 죽음도 그 최후의 일선을 넘으려던 조설훈에 저항한 대가일지 모르고.」

양상춘은 입을 꾹 다문 강하윤과 여진환을 짧게 번갈아 본 뒤 말을 이었다.

「물론 방금 그건 어디까지나 어제 조세화를 만나고 급하게 떠올렸을 뿐인 조잡한 사고에 지나지 않다는 걸 감안해 주게.」

「그러면 박사님.」

강하윤이 차분하게 반박했다.

「박사님께서는 아까 구봉팔과 성진이가 '이미 손을 잡았을지 모른다.'라고 말씀하셨습니다만, 그건 성진이가 범인을 찾고자 하는 구봉팔을 도와 스스로를 옥죄려는 결과가 되지 않겠습니까?」

「둘 중 하나네.」

양상춘이 의자에 등을 붙였다.

「하나는 이성진이 정말로 사건과 무관계하단 것이고, 다른 하나는 장건후를 이용해 수사에 훼방을 놓고자 함일 테지.」

강하윤이 힘겹게 입을 뗐다.

「……모쪼록 전자였으면 좋겠습니다.」

「나도 그렇다네.」

양상춘이 쓴웃음을 지었다.

「만약 이성진이 범인이 맞는다면 우리는 무지막지한 괴물을 상대하고 있는 것이 될 테니 말일세.」

양상춘의 쓴웃음 속 담담한 총평을 들으며 강하윤은 아무런 대꾸도 하지 못했다.

어쩌면, 강하윤 자신도 그런 이유로 이성진을 변호하고 있는 걸지도 모르니까.

간단하게 샤워를 마치고 나온 강하윤이 헤어드라이기로 대강 머리를 말리고 있으려니, 핸드폰이 울렸다.

'이 시간에 누구람.'

강하윤은 머리를 닦던 수건을 목덜미에 걸치고 손을 뻗어 핸드폰을 받았다.

"여보세요."

ㅡ아, 선배님. 접니다. 여진환.

"아, 응."

여진환이었다.

–댁에는 잘 들어가셨습니까?

"응. 여 순경도?"

–예. 아, 혹시 양상춘 박사님도 계십니까?

여진환의 질문에서 왠지 사적인 뉘앙스를 느낀 강하윤은 화장대 거울을 보며 저도 모르게 인상을 찌푸렸다.

"아니, 박사님은 나 바래다주고 바로 가셨어. 지금 혼자야."

–그러셨군요.

"……."

그녀는 '왜 나는 여 순경에게 변명하듯 이야기한 걸까' 생각했지만, 답이 나오지 않았다.

어쨌건, 서로 밤늦게 안부나 주고받을 사이는 아니니 강하윤은 여진환이 용건이 있어 전화를 건 것이려니 생각하며 물었다.

"그런데 무슨 일이야? 깜빡한 거 있니?"

–아, 그게 말이죠.

여진환은 잠시 뜸을 들이다가 말을 이었다.

–저, 내일 시간 괜찮으시면 동출이 형……. 석동출 형사 병문안 함께 가시겠습니까?

"……석동출 형사?"

—예.

여진환의 말을 들으며, 강하윤은 자세를 고쳐 앉았다.

생각해 보면, 그와 석동출은 경찰이기 이전에 사적인 관계였다.

그러니 석동출이 위증을 인정하고 '유령'이 누구인지 알려준다면, 그건 여진환과 석동출 사이의 사적 친분에 기대 봄직도 한 일이다.

"여 순경."

—예, 선배님.

"여 순경 생각에는 석동출 형사가 우리에게 사실대로 말할 거라고 생각해?"

—…….

여진환은 대답하지 않았다.

아니, 대답할 수 없는 것이리라.

유령의 존재를 덮어 주는 석동출의 위증은 중한 범죄다.

그리고 석동출 입장에서 지금 상황은 잘 풀려 가고 있다고도 볼 수 있었다.

강하윤이 말을 이었다.

"……그러면 여 순경은 석동출 형사의 위증이 신념에 의한 것이란 양상춘 박사님 생각에 동의하니?"

—저는…….

수화기 너머 뜸을 들이던 여진환이 힘겹게 말을 받았다.

—솔직히 말씀드려 동출이 형이라면 그럴지도 모른다고 생각했습니다.

"……."

—제가 아는 동출이 형은 남의 일에 분노할 줄 아는 사람이거든요.

여진환은 석동출의 학창 시절 일화를 짧게 늘어놓은 뒤 말을 이었다.

—……그러니 설령 일면식조차 없다 하더라도 죄 없는 초등학생을 죽이고자 하는 사람을 상대로는 주저하지 않고 방아쇠를 당길 사람이라고 생각합니다.

"……."

—비록 방아쇠를 당긴 건 다른 사람인 모양이지만요.

여진환의 말을 들으며 강하윤은 언젠가 수사에서 배제된 후 이를 부당한 인사 문제로 판단한 석동출이 검사 사무실로 쳐들어갔던 일을 떠올렸다.

'어쩌면 그럴지도 모르겠네.'

그런 석동출에게 정의나 신념이라는 건, 필요에 따라선 절차를 무시해서라도 지켜야 하는 걸지도 모른다.

석동출은 조설훈을 악인이라 판단했을 것이며, 따라서 조설훈에게 사적 제재를 가한 일에 동조한 건 그 나름의 정의 구현 행위였으리라.

실제로 조설훈은 (양상춘의 추론에 의하면)필요에 의해 친동생을 살해하는 그런 인물이며, 그다음 수도 극단적인 방법을 고려하였을지 모를 인간이다.

만일 그가 살아서 조세화에게 유산을 물려주기로 한 조성광의 유언장 내용을 들었다면 눈이 뒤집혔을 것이다.

조설훈은 형제마저 살해할 만큼 자신의 이득에 수단과 방법을 가리지 않는 인물이니, 양상춘의 생각처럼 그다음엔 이성진의 목숨을 노렸대도 극단적이라는 생각은 들지 않았다.

'……이제 와서 그걸 확인할 도리는 없지만.'

조설훈은 죽어 마땅한 자일지 모르나, 그걸 한낱 인간이 판단해도 가당한 일인가.

어쩌면 강하윤이 좋은 게 좋은 거란 식의 수단을 도외시한 그 방법에 마냥 동의할 수 없는 건, 그녀 자신이 아직 신출내기여서 그런 걸지도 모른다.

'어려운 문제야.'

자신도 정진건처럼 이 상황을 더 이상 들추지 않고 덮어두는 것이 최선일지 모른다. 하지만 정의라는 건 '모두에게 더 좋은 일'을 찾는 일이 아니다.

통화를 마친 강하윤은 침대에 누워 이런저런 생각을 떠올리다가 까무룩 잠에 빠져들었다.

5장

다음 날, 아침 일찍 김민혁이 사장실로 나를 찾아왔다.

그는 내게 간략한 업무 보고를 마친 뒤 사적인 말투로 툭 말을 던졌다.

"아 참, 금일 그룹 창립기념일이 내일이야, 알지?"

나는 김민혁의 말에 고개를 끄덕였다.

"네, 일정도 며칠 전부터 비워 두었어요."

김민혁은 사장실 소파에 다리를 꼬고 앉아 고개를 끄덕였다.

"뭐, 너라면 당연히 기억하고 있겠지만 일단은 알아 두란 의미에서. 그나저나……."

김민혁은 앞에 놓인 커피를 후룩 마신 뒤 나를 슬쩍 쳐다보았다.
“이번에도 내 동생 에스코트해 갈 거냐?”
그는 예전 이휘철의 생일을 겸한 행사에서 내가 김민정을 에스코트해 데려갔단 것을 감안하고 던진 질문이었던 모양이지만.
“아, 그날은 다른 사람과 동행할까 해요.”
김민혁이 눈을 동그랗게 떴다.
“다른 사람? 누구?”
나는 담담히 대답했다.
“조세화요.”
“조세화?”
김민혁은 어리둥절해하는 얼굴로 내 말을 받았다가 이내 뜨악한 얼굴을 했다.
“혹시나 해서 묻는 건데, 조광의 조세화 말이냐?”
“예.”
내 대답에 김민혁은 떨떠름해하며 소파에 등을 파묻었다.
“……요 몇 달 둘이 어울려 다니긴 했지마는.”
뭘 그렇게 놀라고 그러나.
김민혁은 복잡한 얼굴로 커피를 한 모금 마시더니 내게 진지하게 물었다.
“……설마, 이미 장래를 약속한 사이라든가?”
“아니에요, 그런 거.”

거참, 다들 내가 누군가 또래 이성만 만난다 하면 다들 남녀상열지사로 엮어 가려 그런다.

"아, 형한테는 아직 말을 안 했네요. 금일 창립기념회 행사장에 조세화를 데리고 가는 건 사업상 전략의 일환이거든요."

"사업상 전략?"

나는 고개를 끄덕인 뒤, 김민혁에게 조세화를 통해 조광에 개입하려 하는 내용을 알려 주었다.

"……아하, 그래서 그런 거였군."

김민혁이 고개를 주억거렸다.

"뭐가요?"

"어제 경영고문님이 회사를 다녀가신 거. 나도 뒤늦게 들었지만 다들 놀라는 눈치더라."

그 말에 나는 픽, 웃음을 터뜨렸다.

"하하. 저희 할아버지가 직원들 일하는데 방해하신 건 아니고요?"

"딱히 그렇지는 않으셨던 것 같은데? 오히려 다들 먼발치에서나마 그 대단하신 이휘철 전 회장님을 뵈어서 영광이라는 듯하고."

비꼬는 건지 진심인지 분간이 가질 않는다.

'이휘철의 대외적 이미지를 생각해 보면 정말인 것 같기도 하지만.'

김민혁이 말을 이었다.

"아무튼 알겠어. 내일 행사장에 조세화를 데리고 가는 건, 우리가 조광과 손잡고 있단 걸 대외적으로 알리겠단 의도인 거지?"

"말씀대로입니다. 그 뒤 우리는 주주총회에서 조세화가 가진 지분 일부를 떼어내 합자회사를 만드는 거죠."

김민혁이 머리를 긁적였다.

"흠, 그나저나 조세화란 애, 잘도 그 계획에 동의했네."

"네?"

"아니, 생각해 보면 그렇잖아. 이런 건 어쨌건 신뢰가 밑바탕이 되어야 하는 거 아니냐? 말이야 바른 말이지, 네가 거기서 조광을 꿀꺽해 버린다 하더라도 이 정도면 속은 쪽이 잘못이라고 볼 수 있을 정도인데."

"……."

김민혁의 지적은 새삼스러우면서도 핵심을 잘 간파한 내용이었다.

김민혁의 말마따나, 조세화가 나를 신뢰하지 않으면 이 계획은 시행 단계에 오르지도 않았을 것이다.

김민혁이 나를 향해 짓궂게 웃었다.

"그래서, 실제로는 어때?"

"……예?"

"너도 조세화한테 마음이 있다거나 한 거냐?"

"……."

이 사람이 뭐래.

"일고의 가치도 없는 말씀이시네요. 저는 그 애를 그런 식으로 본 적이 단 한 번도 없습니다."

중학생을 상대로 연심을 품는다니, 내 기준에선 윤리적으로 아웃이다.

"……뭐, 농담은 이쯤하고 한편으론."

김민혁이 표정을 진지하게 고쳤다.

"지금 조광이 처한 상황을 생각해 보면 지푸라기라도 잡아야 할 심정이긴 하겠지. 나도 이해는 가. 너라면 어쨌건 조세화의 지분으로 만든 합자회사를 잘 꾸려 나갈 거라고 생각하고. 길게 말할 것도 없이 너에겐 그간 올린 성과가 있지 않냐."

"저도 물류 유통은 처음이지만요."

"그런 조광의 노하우를 가져오는 게 이번 합자회사 창립의 의의는 아니고?"

김민혁은 예리하게 사안의 핵심을 꿰뚫어 보았다.

"……그렇다고도 볼 수 있겠죠."

내가 긍정하자 김민혁이 머리를 긁적였다.

"이거 곤란한데."

"곤란하다니요?"

"아니, 이러다간 내가 나중에 복귀했을 때 남은 자리가 없게 되는 거 아닐까 해서. 왜, 이번 일이 성사되면 SJ컴퍼니는 지금보다 배는 커질 거 아니냐?"

"하하."

"……왜 부정하지 않는 거지."

김민혁은 구시렁거리며 남은 커피를 마저 마셨다.

"아무튼 잘 알았어. 이미 상호 협의가 끝난 이야기고, 나도 초대는 했으니까 그걸 어떻게 이용하든 그건 네 자유지."

"이해해 주셔서 감사드립니다."

"감사는 무슨."

김민혁이 쓴웃음을 지었다.

"오히려 행사 참석은 이쪽에서 먼저 부탁한 일인걸……. 가서 잔뜩 환멸하고 와."

가문에 속해 있으면서도 금일 그룹에 적대적인 김민혁다운 말이었다.

"아 참, 거기 가면 말이야."

김민혁이 덧붙였다.

"곽성훈이라고 하는…… 내 먼 친척 형님이 계시거든."

김민혁의 입에서 곽성훈이 언급될 줄이야.

나는 속으로 움찔했지만 내색하지 않으며 그 말을 받았다.

"그래서요?"

"응, 성훈이 형은 아마 그 집안에서 유일하게 너랑 말이 통할 사람이야. 이렇게 말하면 왠지 낙하산 추천 같아서 남

들 보기에 안 좋지만, 그 형님이라면 내 빈자리를 대신해 너를 도와줄 수 있지 않을까 해서."

곽성훈이라면 나도 잘 알고 있다.

비록 전생에도 직접 그를 만나 본 적은 없지만, 그러잖아도 장래 금일 그룹의 오너에 오른 그의 입지전적 신화에 대해선 나도 관심을 기울이던 터였다.

'김민혁이 그를 내게 소개해 준다면 나로서도 나쁠 것 없지. 접근할 명분이나 구실로는 더할 나위 없겠어.'

나는 미소 띤 얼굴로 고개를 끄덕였다.

"그러면 내일 형이 그분을 소개해 주세요."

"그럴게. 아, 그렇다고 그 형님이 SJ컴퍼니에 들어올지는 잘 모르겠지만 내가 그 집안에서 유일하게 쓸 만하다 생각하는 사람이니까 너도 한번 만나 보고 긍정적으로 검토해 봐."

물론이다.

사람은 쓰기 나름이라지만, 전생에 금일 그룹의 오너인 인물이라면 나로서도 더할 나위 없는 인재인 셈이니까.

'그렇다고는 하나…… 그가 내 밑으로 들어와 내게 충성을 바칠지에 대해선 확신이 안 선단 말이야.'

내가 평가하는 곽성훈은 복룡이다.

전생의 그는 곽한섭 회장의 사퇴 이후 불거지는 금일의 분열에서 자신의 역할을 찾아 비상한 남자다.

그 과정에 혁신과 모험이 뒤따랐으니, 그가 남 밑에서 굽

실거리는 모습은 그가 뱃속에 품은 야망과 어울리지 않는다.
'뭐, 김민혁 땜빵용으로 잠시 쓰는 정도라면 그도 싫은 소리 하지 않겠지.'
어쨌건 그를 만나 보는 일 자체는 내게도 나쁘지 않은 것 같긴 하지만.
이후 공적 업무와 사적인 일 처리를 마친 김민혁이 돌아간 뒤, 나는 사장실 책상 앞에 앉았다.
'어쨌건 김민혁이 했던 말 중 새겨들을 것도 있어.'
우선적으론 조세화와 나 사이의 신뢰 관계에 대해 재고해 봐야 했다.
'만일 조세화가 조설훈 살해의 이면에 내가 있다고 생각하는 중이라면, 그 판단을 바로 잡을 필요가 있겠지.'
다만 내가 '어떤 경유로 그 사실을 알고 있으며' 또 '나는 그 사건과 무관하다'는 걸 조세화에게 어떡하면 효과적으로 전달할 수 있느냐가 문제였다.
'……구봉팔에게 협력을 부탁해야 하나.'
세간에선 조세화의 측근으로 평가되는 구봉팔이지만, 정작 실제 두 사람 사이는 철저히 공적 영역에 걸쳐 있다.
'그러니 둘 사이에 사적 친분이 있을 리도 없고.'
흠.
뭐가 되었건 일단 구봉팔과는 연락을 취해야 했다.
'어제 최서연이 나를 찾아와 박강선을 내놓으라고 했던 것

도 전달할 겸해서.'

거기서 나는 문득, 이 상황을 이용해 보면 어떨까 하는 생각에 미쳤다.

'나도 이게 잘 통할지는 모르겠지만, 피차 나쁜 이야기는 아닐걸?'

여진환과 강하윤은 어젯밤 전화로 약속했던 대로 석동출의 병문안을 갔다.

석동출은 나란히 병실에 들어서는 두 사람을 보며 반갑게 말을 건넸다.

"진환이야 그렇다 치고, 강 형사님도 바쁜 걸음을 해 주셨군요."

강하윤은 어색하게 웃으며 석동출의 말을 받았다.

"저번에는 급하게 와서 제대로 면회를 못 했단 생각을 해서요. 몸은 좀 어떠십니까?"

"보시는 대로입니다."

얼마 전에 방문해서 그런 것도 있겠지만, 석동출의 병세는 그대로였다.

여진환이 석동출 옆에 꽃다발을 놓으며 말했다.

"얼른 좀 나아. 그거 다 세금이다."

"내 말이. 나도 이렇게 호들갑 떨 일은 아니라고 보는데."

급소는 비껴갔다지만 다리에 총을 맞았단 건 대한민국에서 보기 드문 중상이었고, 석동출은 보안상의 이유도 겸해 1인실을 발급받았던 터였다.

"후유증은 없대?"

"경과를 봐야 알 거 같다더라. 그래도 뼈가 상하지는 않아서 재활만 받으면 괜찮을 거래."

그렇게 그들은 대수롭지 않은 척 이런저런 환담을 나누고 있었지만, 석동출은 내심 강하윤과 여진환이 동시에 자신을 찾아온 일에 대해 신경을 쓰고 있었다.

화제를 꺼낼 타이밍을 본 석동출이 슬쩍 물었다.

"그런데 강 형사님, 진환이랑은 언제부터 친해지셨습니까?"

저번에 병문안을 왔을 때만 하더라도 데면데면했던 사이였는데, '병문안을 함께' 왔다는 건 서로가 연락을 주고받는 사이란 의미였다.

그렇다고 해서 강하윤에게 끌리고 있는 석동출이 둘 사이를 질투해서 던진 말은 아니었다.

석동출은 그들이 이번 사건의 진상에 대해 진지하게 접근 중이며, 자신을 찾아온 것은 그 경과임을 꿰뚫어 보았다.

'하긴, 강 형사도 이번 사건 수사에 일익을 담당했으니까.'

강하윤이 멋쩍게 웃으며 석동출의 말을 받았다.

"얼마 전에 수사 중인 일로 여 순경의 도움을 받았거든요."

"아, 그러셨군요. 이 녀석이 도움이 되었습니까?"

"그럼요. 많은 도움이 되었습니다."

여진환이 가볍게 인상을 찌푸리며 끼어들었다.

"형도 참. 이래 봬도 나, 인사고과는 제법 평가가 높거든."

"암, 이번에 특진까지 했는데 어련하겠어."

킬킬거리며 웃는 석동출을 물끄러미 내려다보던 여진환이 의자를 끌어와 그 앞에 앉았다.

"형, 뭐 좀 물어봐도 돼?"

"……."

석동출은 묵묵히 여진환을 마주 보다가 강하윤을 향해 고개를 돌렸다.

"강 형사님 용건도 같은 겁니까?"

강하윤은 쓴웃음을 지으며 마지못해 고개를 끄덕였다.

"예."

"서운하네요. 그런 일이 아니면 찾아와 주지 않으십니까?"

"예?"

"농담입니다."

석동출은 한숨을 내쉰 뒤 병실 천장을 물끄러미 올려다보았다.

"제가 말씀드릴 수 있는 건 이미 진술서에 다 기록되어 있을 텐데요."

"……."

예상은 했지만 역시 쉽지 않겠다고 생각한 강하윤이 아랫입술을 깨물었다가 입을 뗐다.

"조금 단도직입적으로 말씀드려도 되겠습니까?"

"하시죠."

강하윤은 한 차례 뜸을 들인 뒤, 말을 이었다.

"저희가 판단하기로, 석동출 형사님의 증언에는 모순이 있었습니다."

"……."

강하윤의 입에서 나온 말은 석동출이 생각하던 것 이상으로 단도직입적이었다.

강하윤은 석동출에게 양상춘이 찾은 현장의 모순점과 당시 석동출과 '동행인'이 있었을 것이란 가설을 차분히 풀어냈다.

제법 긴 이야기였음에도 불구하고 석동출은 끼어드는 일 없이 담담하게 그 말을 들었고, 되레 여진환이 좌불안석인 표정으로 창밖을 보거나 강하윤과 석동출을 번갈아 보거나 할 정도였다.

"……이상이 저희가 현장 증거에서 찾아낸, 석동출 형사님의 증언과 모순되는 지점입니다."

강하윤이 말을 마쳤지만, 석동출은 여전히 별다른 표정 변화 없이 강하윤에게 물었다.

"그래서요?"

"……예?"

강하윤이 당황했다.

"그래서라니……. 석동출 형사님께선 방금 제 이야기를 듣고도."

"아, 예. 충분히 재밌는 가설이었습니다."

석동출이 강하윤의 말을 끊었다.

"하지만 저로선 그래서 뭐가 어쨌단 건지 모르겠는데요."

석동출의 태연자약한 태도에 강하윤이 미간을 살짝 찡그렸다.

"석동출 형사님, 저희는 어디까지나……."

"됐습니다."

석동출이 표정을 진지하게 했다.

"백번 양보해 강 형사님이 말씀하신 가설이 옳다고 칩시다. 그래서 형사님은 지금 저더러 '저는 위증을 하였습니다.' 하고 경찰 관계자에게 말하란 말씀입니까?"

"……."

석동출은 직접적으로 입 밖에 내지 않았을 뿐, 그가 한 말이 함의하는 파장은 명백했다.

만일 석동출이 자신의 위증을 인정한다면 그에 뒤따르는 징계는 물론이거니와 '그나마 최선의 결과'로 남은 배성준의 결말 역시도 헝클어지고 만다.

강하윤도 배성준에 대해선 면식 정도밖에 없으니 그 사후의 명예에 대해선 어찌 되든 상관할 바가 아니었지만, 장례식장에서 본 배성준의 남겨진 아이들이 눈에 밟히는 그녀였다.

그래서 강하윤은 불편한 얼굴을 드러내면서도, 선불리 대답하지 못했다.

불현듯 찾아온 어색한 침묵 속에서 눈치를 살피던 여진환이 조심스레 끼어들었다.

"그…… 당시에는 뭔가 착오가 있었다든가."

"아, 조설훈을 총으로 쏘아 죽이고 내 다리에 총알까지 먹인 다음 유유히 사라진 용의자를 내가 '한순간의 착오'로 깜빡했다? 그 말을 들으면 경찰이 나한테 약물 성분 검사부터 하겠군, 그래. 뭐, 이미 검사도 마친 뒤니까 깨끗하단 결과가 나오겠지만."

"……."

석동출의 비아냥거림에 여진환은 아무런 말도 할 수 없었다.

다만, 노골적으로 거리를 두려는 석동출의 태도를 보며 여진환 안에서 켕기는 부분이 있었다.

'……저번에는 자신을 대신해 사건의 진상을 찾아달란 식의 부탁을 했으면서.'

그러면서 심지어는 경찰을 관두겠단 이야기까지 하지 않

았던가.

'그사이 형한테 무언가 심경의 변화라도 생긴 건가?'

강하윤이 물었다.

"하지만 석동출 형사님, 진범은 지금도 버젓이 거리를 돌아다니고 있을 겁니다. 그런 위험인물을 사회에 방치해 둔다면……."

"그것도 강 형사님 생각 아닙니까?"

석동출이 입꼬리를 올렸다.

그의 입가에 드리운 일그러진 미소는 냉소적인 것처럼도 보였다.

"만약 강 형사님 생각대로 조설훈을 총으로 쏘아 죽인 '진범'이 있다면, 저는 그 사람에게 몇 번이나 감사를 해도 부족할 지경이겠군요."

"그게 대체 무슨."

"왜요, 말씀대로라면 조설훈은 유산 상속을 위해 친동생을 살해한 데다 무고한 젊은이도 살해했고, 경찰마저 살해한 천하의 개쓰레기가 아닙니까?"

조설훈에 대한 노골적인 욕설이 섞인 석동출의 말에 강하윤은 당황해 아무 말도 하지 못했고, 석동출의 말은 그 사이를 비집고 이어졌다.

"만일 세상에 정의 구현이라는 게 있다면, 그런 것이야말로 정의 구현이라고 생각합니다만."

"석동출 형사님! 개인의 사적 제재는 사법국가에서 결코……."

"그게 정의입니까?"

"……."

강하윤은 허를 찔린 듯 움찔했고, 석동출은 그런 그녀를 보며 누운 채로 어깨를 으쓱였다.

"아, 예. 좋습니다. 만일 그때 조설훈이 '무사히' 체포되었다고 칩시다. 그러면 조설훈이 받을 형량은요? 존속살해에 살인교사, 방조, 은닉, 경찰 공무원 살해까지. 최소 무기징역에 사형까지도 받을 수 있겠군요."

석동출이 강하윤을 노려보듯 쳐다보았다.

"그것도 잘만 풀린다면 말입니다."

"……."

"하지만 돈 있고 빽 있는 조설훈이 유전무죄, 무전유죄인 대한민국에서 그런 최고 형벌을 받게 될 거라고 보십니까?"

"그걸 판단하는 건."

이번에도 석동출이 강하윤의 말허리를 끊었다.

"저희가 아니라 검사와 판사 나리겠죠. 국민 정서와 무관한 구름 위의 높으신 분들 말씀입니다."

"그건 지나치게…… 극단적인 생각입니다. 아무리 조설훈이라 하더라도 이런 중대 범죄를 사법기관이 묵과하리란 생각은 들지 않습니다."

"그래요? 강 형사님 생각은 제 생각과 다르군요."

강하윤이 입술을 잘근 씹었다.

"저는 석동출 형사님이 사회적 정의를 세우는 일을 더 중시하시리라 생각했습니다."

"그 사회적 정의 운운하는 것도 그 우산 아래 설 개인이 없으면 뜬구름이죠. 결국은 사람이 우선 아닙니까?"

강하윤도 이쯤하면 말이 통하지 않는다고 판단한 걸까.

심지어 석동출은 예전에도 돼먹지 않은 괴상망측한 음모론으로 무장하고 있던 사람이니, 강하윤은 그가 진심으로 자신의 뒤틀린 견지를 주장하는 중이라 생각한 모양으로 딱딱하게 굳은 표정을 노골적으로 드러낸 채 자리에서 일어섰다.

"실례했습니다, 석동출 형사님."

표정만큼이나 딱딱한 말투였다.

"몸조리 잘 하십시오."

그리고 강하윤은 성큼 걸음으로 병실을 빠져나갔고, 여진환은 그런 강하윤을 붙잡지도 못하고 엉거주춤한 자세로 있다가 한숨을 내쉬며 의자에서 일어섰다.

"형."

"왜."

"나야말로 묻고 싶은데. 형 대체 왜 그래?"

"……."

석동출이 쓴웃음을 지으며 여진환을 보았다.

"그렇게 됐으니까, 너도 여기서 이만 손 떼라."

"동출이 형!"

"이제 가 봐."

"……나, 이대로 나가면 다신 형 얼굴 안 볼 수도 있어."

여진환의 말에 석동출은 담담하게 고개를 끄덕였다.

"그래."

"……."

여진환은 고개를 저으며 병실을 나섰다.

병실을 나서니, 병원 복도에 강하윤이 무표정한 얼굴로 등을 기대고 서 있었다.

여진환은 지금 자신의 표정이 어땠는지는 알 수 없었지만, 강하윤이 그런 자신을 물끄러미 쳐다보는 바람에 여진환은 의식적으로 얼굴을 고쳤다.

그러자 비로소 강하윤이 입을 뗐다.

"갈까?"

"아, 예."

여진환은 석동출이 입원해 있는 개인 병실을 몇 번이고 돌아보며 강하윤의 뒤를 따랐다.

강하윤은 병실을 나설 때까지 입도 벙긋하지 않았고, 그녀가 다시 입을 연 건 여진환이 끌고 온 차 조수석에 올라타 벨트를 맨 뒤였다.

"그게 최선일까?"

"예?"

"솔직히 말하면."

강하윤이 한숨을 내쉬었다.

"극단적이긴 해도 아주 틀린 말은 아니야."

"선배님."

"그리고 그런 궤변이 조금 그럴싸하단 생각을 해 버린 내가 한심하기도 하고."

강하윤이 안전벨트를 꾹 쥐었다.

"어떻게 보면 우리가 이번 사건을 더 파헤칠 이유가 없을지도 몰라."

"……."

"심지어 석동출 형사가…… 위증 사실을 인정한다손 치더라도 그건 석동출 형사나 유공자 연금을 받을 배성준 형사의 자녀들에게 좋은 이야기는 아닐 거야. 어쩌면 조설훈의 유족 측이 소송을 걸지도 모르고, 애당초 현장 증거뿐인 우리의 말이 법정 증거로 채택될지도 의문이야."

말하는 강하윤의 머릿속에 무기력한 정진건의 얼굴이 떠올랐다가 사라졌고, 그녀는 무엇에 화내는지도 모른 채 조금 언성을 높였다.

"하지만 모든 사람이 다 그럴 수는 없는 거잖아. 그랬다간 사회가 어떻게 될 거고, 경찰이 존재할 이유는 뭔데? 이것도 누군가는…… 해야 할 일이라고."

"……."

강하윤이 쓴웃음을 지으며 고개를 저었다.

"미안. 그냥 뭐라도 말하고 싶었어."

"아닙니다."

여진환이 차량 에어컨을 조정하며 조심스레 대답했다.

"저도…… '유령'이 정의의 사도라는 식의 생각은 하지 않거든요."

여진환은 강하윤의 시선을 의식하며 말을 이었다.

"그 인물이 조설훈을 살해한 건, 인간 말종인 조설훈을 단죄하기 위해서가 아닌 그게 자신이나 자신이 속한 조직에 이득이 되기 때문일 뿐입니다. 그런 사람은 언젠가 '무고하고 선량한' 인물을 향해서도 마찬가지의 이유를 들어 방아쇠를 당길 만한 사람이겠죠."

"……."

"그러니 저는 동출이 형의 생각은 잘못되었다고 봅니다. 저희가 그 유령을 잡아야 할 이유도 충분하고요."

강하윤이 씁쓸하게 웃었다.

그와 정의에 대한 담론을 나눌 생각도 없었고, 여진환 또한 그걸 잘 알고 있겠지만, 그럼에도 불구하고 여진환이 이런 말을 한 건 그 나름대로 자신을 위로해 주려 최선을 다한 것이란 생각을 했다.

"……그래."

강하윤이 한숨 뒤 말을 이었다.

"이 이야기는 그만하자. 어차피 우리도 밑져야 본전이란 생각으로 석동출 형사를 찾아간 거니까."

실제론 밑져야 본전은커녕, 서로에게 상처와 불신, 실망까지 얹어 간 만남이 되고 말았지만.

"이제 갈까?"

말투에 별다른 감정이 담기지 않은 것으로 보아 강하윤도 그새 다소간 냉정을 찾은 모양이었다.

그러나 여진환은 기어를 넣어 차를 출발하는 대신, 곰곰이 생각에 잠긴 얼굴을 하고 있을 뿐이었다.

강하윤이 물었다.

"왜, 놓고 온 거 있니?"

"선배님."

여진환이 강하윤을 보았다.

"오늘 동출이 형 태도가 너무하다고 생각하지 않아요?"

강하윤이 어색하게 웃었다.

"그 이야기는 이제 그만하기로 하지 않았니?"

강하윤은 그렇게 말했지만, 까놓고 말해 여진환은 그 말에 동의한 적이 없었다.

여진환이 입을 뗐다.

"제 말은…… 형의 태도가 노골적이리만치 저희에게 배타적이었다는 겁니다."

"……."

"아, 그렇다고 방금 전 동출이 형의 태도를 옹호하려는 건 아닙니다. 그건 분명 무례하고 비난받아 마땅한 태도였죠. 하지만……."

여진환은 잠시 망설인 뒤 말을 이었다.

"저기, 선배님. 며칠 전 선배님께서 동출이 형 병문안을 다녀가신 날 있지 않습니까?"

"……응."

심지어 그땐 여진환도 있었으니 새삼스러울 것도 없는 사실이었다.

"실은 그 뒤 형이랑 따로 이야기를 나누었는데…… 형은 경찰을 관둘 생각이었다고 했습니다."

강하윤은 여진환의 말을 어떻게 해석해야 할지 몰라 잠시 아무런 말도 할 수 없었고, 여진환이 말을 이었다.

"그리고 저는 형이랑 SJ컴퍼니에 대한 이야기를 했습니다."

"……SJ컴퍼니라면."

"예. 우리도 익히 알고 있는, 이성진이 사장으로 있는 곳이죠."

"……."

"주로 형이 SJ컴퍼니가 뭐 하는 회사인지 묻고, 저는 제가 알고 있는 상식선에서 대답하는 식이었습니다."

즉, 존재는 알고 있되, 세간의 상식(어디까지나 경제계에 조금이라도 관심이 있는 일반인 기준이겠지만)수준의 사전 지식도 없이 SJ컴퍼니를 화두에 올렸단 것이었다.

강하윤은 이번에도 여진환의 말을 어떻게 받아들여야 할지 몰라 당황했다.

"왜 말하지 않았어?"

"……."

"아, 비난하려는 게 아니라……."

여진환이 고개를 저었다.

"아닙니다. 그땐 저도 그 내용을 어떻게 정리하면 좋을지, 이걸로 뭘 할 수 있을지 모르는 상황이었거든요."

말은 그렇게 했지만, 거기엔 '강하윤을 신뢰하지 않고 있었다'는 것도 포함하고 있었으리라.

'그러고 보니 그때 석동출 형사는 내게도 SJ컴퍼니, 정확히는 SJ엔터테인먼트 이야기를 꺼냈어.'

당시엔 단순한 환담으로 치부했지만, 과연 그게 전부였을까?

'……그게 아니라면?'

강하윤은 방금 전 섣불리 따지듯 물은 걸 내심 후회하면서 신중하게 물었다.

"그러면…… 여 순경, 그 이야기는 대체 어떻게 하다가 나온 거야?"

여진환이 잠시 뜸을 들였다가 대답했다.

"형이 저에게 말하더군요. 배성준 형사가 죽기 전, 자신에게 부탁한 일이 있었다고요."

배성준 형사가 죽기 전, 석동출에게 부탁을 했다고?

강하윤은 눈을 동그랗게 뜨고 여진환을 보았다.

"그게 무슨 말이야?"

"그러니까……."

여진환은 어딘지 송구스러워하는 얼굴로 무어라 말을 꺼내려다가 입을 꾹 다물었다.

강하윤은 그가 망설이는 모양이라 생각해 채근을 해 볼까 했는데.

"솔직히 말씀드리면."

그 직전, 여진환이 입을 뗐다.

"저도 선배님과 만나 사건의 이야기를 듣기 전부터 그 사건이 어딘가 수상쩍단 생각은 하고 있었습니다."

"……음?"

사실, 여진환이 강하윤과 양상춘이 조사하는 사건에 이렇게 협조적인 까닭은 단순히 그가 사람이 좋아서는 아니었다.

여진환이나 양상춘이 들으면 부정하겠지만, 둘은 '현상 너머 진실을 파헤치고자 하는 열망'이 행동 동기의 우선순위를 차지한단 의미에선 비슷한 부류였다.

여진환은 여진환대로 이 모순투성이인 사건의 진실에 접

근하길 바랐고, 양상춘이며 강하윤과의 만남은 그 목마름을 해소해 주는 요소였다.

여진환은 잠시 뜸을 들였다가 머리를 긁적이곤 어조를 고쳐 말했다.

"부패 경찰과 재벌가의 상속이 얽힌 사건의 복잡함과 달리, 그 결말이 짜 맞춘 것처럼 깔끔하다고 느꼈거든요."

강하윤은 지금 여진환의 표정과 말투를 보며 그녀가 알고 있던 서글서글하고 사람 좋은 미소를 지어 보이던 그와 어딘지 달라 보인단 생각을 했다.

하지만 강하윤은 느낀 바를 내색하지 않으며 고개를 끄덕였다.

"그게 의심할 계기가 되었던 거니?"

"그뿐만은 아니고…… 뭐, 양상춘 박사님과는 달리 직감에 의존한 것이지만요. 게다가 제가 그 생각을 이어 간 과정 역시도 어디까지나 석동출이라고 하는 사람과 적잖은 친분을 유지하며 그를 파악해 왔단 전제하의 사고임을 감안해 주십시오."

역시 사람이 바뀐 듯했다.

'아니, 이게 여진환의 본모습이겠지.'

사람과 사회적 위치, 상황에 맞춰 가면을 쓰는 것쯤이야 대수로울 것 없는 이야기지만, 여진환의 경우는 그 간극이 과해서 강하윤은 이질감마저 느꼈다.

그렇다고는 하나 사람이 변한 건 아니었기에 강하윤은 그 이질감을 어렵지 않게 받아들이며 여진환을 상대해 주었다.

"계속해 봐."

"예. 아시다시피 선배님이 형의 병문안을 왔던 날, 저는 먼저 형과 면회 중이었습니다. 설명하기는 어렵지만 느낌상 그때 본 형의 모습은 어딘지 모르게 무력해 보였죠."

마치 개인이 감당하기 어려운 사안을 앞에 둔 사람처럼, 하고 여진환이 중얼거림을 덧붙였다.

"그리고 선배님이 다녀가셨습니다."

"응."

"그런데 선배님이 다녀가신 뒤 형에게선 그 무력감이 '덜해' 보였습니다."

강하윤은 여진환의 말에서 저도 모르게 '설마, 석동출 형사가 내게 이성적인 호감을 느끼고 있나?' 하고 생각했다가 '아니, 그럴 리가 없지' 하며 생각을 고쳤다.

강하윤은 속으로 떠올렸던 허튼(?) 생각의 부끄러움을 뿌리치려는 듯 일부러 사무적인 투로 물었다.

"그건 내가 석동출 형사에게 전달한 내용 때문이지?"

"예."

여진환은 '그것 때문만은 아니겠지만요.' 하고 말하려다 관뒀다.

"조금 송구스럽습니다만, 그 뒤 선배님과 형이 나눈 대화

내용이 무엇이었는지 들었습니다. 아, 그렇다고 아주 자세히는 아닙니다만."

"괜찮아. 이제 와서 뭘. 신경 안 써."

"감사합니다."

실제로도 별 이야기는 하지 않았고, 석동출의 병문안을 간 것도 사건 공유가 목적이었으니까.

강하윤은 그날 기억을 더듬으며 입을 뗐다.

"그러니까 그날…… 나는 석동출 형사에게 강선이 유산 상속 문제가 잘 해결되었다는 걸 말했을 거야."

"예, 형도 그렇게 이야기하더군요. 박상대의 사생아에게 상속될 유산 문제로 그쪽 변호사의 요청이 있었다고."

"응. 그때 석동출 형사가 자료 제공에 도움을 주었거든."

여진환이 고개를 끄덕였다.

"예. 그리고 그쯤, 형이 경찰을 관둔단 이야기를 했습니다."

"……뭐? 석동출 형사가?"

강하윤이 깜짝 놀라 묻는 말에 여진환이 쓴웃음을 지었다.

"저도 그 이야기를 선배님 병문안 전에 들었다면 이번 사건으로 인해 직업적 회의감이나 무력감을 느끼고 한 말이라 생각했을 겁니다. 아마, 실제로도 그랬을 거고요. 하지만 말의 뉘앙스가 달랐습니다. 아까 말했죠, 선배님이 다녀가신 뒤 형에게서 무력감이 '덜 해' 보인 것 같다고."

"으, 응. 그랬지."

여진환은 강하윤이 왠지 상황을 의식한다고 생각했지만, 그걸 캐묻는 건 주제와 무관하다고 판단했는지 생각한 바를 내색하지 않으며 말했다.

"제 생각입니다만, 형은 선배님과 나눈 대화에서 무언가 단서를 얻은 것이 아닐까요?"

"단서……."

"예. 저도 확신은 못 하겠습니다만."

여진환이 말을 이었다.

"그때 형이 말하기로 '공직에 몸담은 신분이 아니게 되었을 때만 할 수 있는 일도 있는 거라고' 했습니다. 그리고 그건 이번 사건의 진상과 맞닿아 있는 내용이겠죠."

"……."

잠시 생각에 잠겼던 강하윤이 고개를 들었다.

"잠시, 조금 새삼스러운 이야기지만…… 말리지는 않았니?"

"뭐어."

여진환이 어깨를 으쓱였다.

"한순간의 낙담으로 자포자기해서 한 말이라면 저도 말렸겠지만, 신념과 확신에 가득 차 보여서 저도 말릴 수가 없더군요."

여진환이 떨떠름해하며 덧붙였다.

"그랬던 형도 방금 전에는 영 아니었지만 말입니다."

"……음."

"아무튼."

여진환이 어조를 바꿔 말했다.

"형도 배성준 형사의 죽음 그 자체에는 한 점 의혹도 없다고 했습니다. 그가 조광의 뒷돈을 받아 온 사실도 부정하지 않았고, 그 대가로 경찰 내부 정보를 조광에게 흘렸을 거란 것도 인정했죠. 배성준 형사의 죽음에 대해 형이 한 말을 그대로 옮기자면, '어디까지나 전부 선배님이 선택한 일과 결과'라고 했습니다. 그러니 '선배님의 죽음은 더 이상 더할 것도 뺄 것도, 그렇다고 미화하거나 비하할 것도 없다'고 했죠."

강하윤은 그 말을 들으며 석동출 형사는 그 나름대로 배성준 형사의 죽음을 받아들이고 극복해 가는 중이었구나, 하고 생각했다.

"그랬구나."

"예. 평소에도 배성준 형사를 롤모델로 삼던 형다웠습니다. 그건 그가 부패 경찰인 걸 알고서도 변치 않는군요."

여진환의 말은 어딘지 냉소적으로 들렸지만, 정진건을 롤모델로 삼고 있는 강하윤으로선 여진환의 말투가 내심 거슬렸다.

"내 생각이지만…… 그건 석동출 형사 나름대로 배성준 형사의 입장을 이해하게 된 것이 아닐까?"

말하고 보니 부패 형사를 두둔한 기분이 들어 괜한 말을 꺼냈다 싶었지만, 여진환은 의외로 강하윤의 말을 웃어넘기거나 허튼소리로 치부하지 않았다.

"예, 그런 것 같습니다."

"……무슨 뜻이니?"

"이것도 형이 한 말이지만 '선배님은 뒤늦게 당신이 해야만 하는 일이 무엇이었는지 알고, 그걸 한 거'라고 하더군요."

강하윤이 고개를 갸웃했다.

"해야만 하는 일?"

여진환은 강하윤의 모습이 마치 그때 자신이 저랬을 것 같다고 생각하며 대답했다.

"나쁜 놈들 벌주는 일, 이라고 하더군요."

"……."

여진환의 말을 들은 강하윤의 표정이 복잡해졌다.

"즉, 배성준 형사는 늦게나마 '경찰로서 해야 하는 일'을 자각하게 되었단 거구나."

여진환은 석동출이나 배성준에 공감하려는 강하윤을 보며 그녀와 자신 사이에 본질적으로 다른 부분이 그런 점이라고 생각했다.

그때 여진환은 석동출의 말에 공감할 생각은커녕, 당시 배성준 형사의 행동의 비합리성에 의문을 제기했으니까.

그리고 그건, 여진환의 가치관에서 별로 중요하지 않은 일이었다.

"그건 저도 잘 모르겠습니다."

그래서 여진한은 이야기가 딴 길로 새지 않게끔 필요 이상으로 딱딱한 말씨를 써 가며 말을 이었다.

"다만 형은 이렇게 추론하더군요. 배성준 형사가 광수대에 협조를 구하지 않고 조설훈과 직접 담판을 지으러 간 것이라면, 그건 하지 않은 게 아니라 할 수밖에 없었을 거라고요."

"……즉."

강하윤이 진지한 얼굴로 물었다.

"배성준 형사는 조설훈과 만나러 가는 일을 석동출 형사에게도 비밀로 했단 거니?"

빠르게 핵심을 짚어 내는 강하윤을 보며 여진환은 (건방지게도)강하윤에게 수사관으로서 자질이 있다고 생각했다.

"예, 저도 그 점을 물었더니 그렇다고 말했습니다."

"……여 순경에게는 이미 자신의 진술이 허위임을 밝혔구나."

"그런 셈이죠."

여진환이 한 차례 숨을 고른 뒤 말을 이었다.

"또한 형이 말하기로, 사건이 있던 당시 배성준 형사와 형은 따로 움직였던 모양이더군요. 형은 뒤늦게 배성준 형사의 의도를 깨닫고 뒤를 쫓았다고 말했습니다."

여진환의 말을 들으며 강하윤은 석동출이 당시만 하더라

도 위증 사실이 실수로 밝혀진 것도, 그 역시 그 사실을 감출 생각이 없었단 것을 깨달았다.

"그러면 배성준 형사가 죽기 전, 석동출 형사에게 부탁한 일이란 게 뭐니?"

그것도 말했을까 싶어 물어보았더니.

"마침 그 이야기를 하려 했습니다."

여진환의 입에서 대답이 술술 흘러나왔다.

여진환의 말에 의하면, 배성준은 죽기 전 석동출과 마지막 만남에서 'SJ컴퍼니와 도깨비 신문 사이에 관계가 있지 않느냐'는 걸 조사해 달란 부탁을 했다.

(당시만 하더라도 여진환은 도깨비 신문이란 매체에 대해 잘 알지 못하였기 때문에 해당 내용은 더 파고들지 않았던 것이 그 스스로 생각한 불찰이라면 불찰이었다.)

순간, 강하윤은 여진환의 말에서 불현듯 얼마 전 양상춘과 나눈 대화를 떠올렸다.

「참으로 공교로운 이야기지만, 이때 태국에 있던 정순애를 한국에 불러온 것은 이성진이거나 그 관계자였을 것이야.」

「어째서입니까?」

「왜냐하면 그 당시 정순애를 인터뷰한 것이 현재 도깨비 신문의 김기환 대표였으니까.」

「……」

「그리고 김기환의 회사는 SJ컴퍼니의 투자금을 받아 설립된 회사이기도 하지.」

'즉, 배성준 형사는 죽기 전 박상대의 죽음에 이성진이 간접적으로 개입해 있었단 걸 알게 되었단 의미일까?'

그렇다면, 배성준이 죽기 직전 SJ컴퍼니와 도깨비 신문 사이의 관계를 조사한 까닭은 무엇이었을까?

'……스스로 진실에 접근하고자? 아니면 누군가의 부탁이나 명령? 왜 하필이면 그때 그런 정보를?'

강하윤은 거기서 무언가 생각으로 정리되지 않은 위화감을 느꼈다.

강하윤이 진지한 표정으로 생각에 잠긴 사이 여진환의 말이 이어졌다.

"그리고 형은 그 정보를 전달하며 자신의 권총을 배성준 형사에게 맡겼다고 했습니다."

그건 '배성준은 당시 권총을 두 자루 들고 있었을 것이다.'라는 양상춘의 추리와 일치했다.

하지만 강하윤이 놀란 건 그 부분이 아니었다.

"석동출 형사가 그렇게 말했다고?"

"예."

즉, 이는 '당시만 하더라도' 석동출은 위증 사실을 (최소한 여진환에게만큼은)감출 생각이 없었단 의미였다.

'그렇다는 건 석동출 형사도 나름대로…… 이 일이 끝난 뒤 진상을 뒤쫓으려 했던 걸 거야.'

그것도 '공직에 몸담은 신분이 아니게 되었을 때만 할 수 있는 일'을 위해, 경찰을 관둘 생각까지 해 가면서.

'그러면 왜일까?'

그럼에도 불구하고 석동출은 오늘, 위증 사실을 한사코 부인하며 두 사람에게 기묘하리만치 베타적인 태도를 비쳤다.

일이 이렇게 된 이상, 강하윤과 여진환이라면 조력자가 되어 줄 수 있지 않은가.

'……어쩌면 혹시, 우리가 감당하지 못하는 정도의 사건임을 깨달았다거나?'

강하윤은 얼핏 그런 생각을 떠올렸다가 마음을 다잡았다.

강하윤이 입을 뗐다.

"그런 거라면, 석동출 형사가 공식적으로 증언한 것과 달리 실제론 현장 증거를 토대로 추리한 양상춘 박사님의 생각이 옳았을지 모른다는 이야기네."

"그렇게 되겠죠. 최소한 형이 위증을 했다는 것 자체는 분명해 보입니다."

강하윤은 고개를 끄덕여 동의한 뒤, 잠시 생각에 잠겼다가 말했다.

"다만 그렇게 되면 걸리는 점이 있어. '유령'은 석동출 형사와 현장에 함께 있었고, 심지어…… 아마도 상호 동의하에 다리에 총까지 쏘아 맞힌 사람이야. 그렇다면, 석동출 형사는 '유령'이 누구인지 알고 있단 이야기 아니니?"

"……음."

"그런데 석동출 형사는 여 순경에게 자신의 위증 사실을 밝혔어. 즉, 그렇다는 건 당시만 하더라도 석동출 형사 역시 조설훈의 죽음과 얽힌 진상에 접근하려 한 것 같아. 그리고 석동출 형사는 그 일로 경찰을 관둘 생각까지 했고."

"그럴지도 모르죠."

여진환이 머리를 긁적였다.

"어쩌면 그럼에도 불구하고 형 역시 '유령'의 구체적인 정체를 몰랐을 수도 있습니다."

"무슨 의미니?"

"형은 그때 무장하지 않고 있는 상태였죠. 왜냐면 형에게 지급된 권총은 당시 배성준 형사가 가지고 있었으니까요."

"응, 그랬지."

"만약 그때 상대가…… 그러니까 '유령'이 현장에서는 사용된 적 없던 무기로 조설훈과 형을 동시에 협박해 상황을 조정했다면 형 또한 '불가피하게' 유령이 내민 조건을 받아들여야 했을지도 모른단 의미입니다."

여진환의 말은 일리가 있었다.

대한민국이 허가받지 않은 민간인의 총기 휴대 자체가 불법인 국가라고는 하지만, 어쨌건 유령은 '능숙하게' 권총을 다뤄 냈다.

아무리 국민 절반 가까이가 총기를 다룰 줄 아는 나라라고는 하지만, 전역을 마친 보통 남자는 권총을 다뤄 본 경험이 현저히 적다.

따라서 강하윤은 '권총을 다루는 일에 익숙한' 유령이라면, 따로 권총을 가지고 있었다 하더라도 크게 이상하지 않단 생각에 미쳤다.

강하윤이 고개를 끄덕였다.

"하지만 결과적으로 석동출 형사는 위증을 함으로서 유령과 손을 잡은 것이 되었지."

"예. 그 제안을 받아들인 형 생각이 어땠는지는 형만이 알겠지만, 결과적으로 형에게만큼은 '윈윈'인 상황이기도 하니까요."

말이라는 것이 아 다르고 어 다르다지만, 살인을 방조한 일에 '윈윈'이란 말이 나오니 듣는 강하윤도 속이 불편했다.

"……그러면 왜 이제 와서 여 순경에게 자신의 위증 사실을 밝힌 걸까?"

여진환은 강하윤의 말에 잠시 생각하다가 고개를 저었다.

"저도 모르겠습니다. 그랬던 형이 이제 와서 새삼 말을 돌리려는 이유도 모르겠고요."

"……."

강하윤이 조심스레 입을 뗐다.

"혹시, 오늘 석동출 형사가 우리에게 보인 태도는…… 더 이상 이 일을 파고들지 말라는 경고가 아닐까?"

"예?"

여진환은 잠시, 익히 알고 있던 석동출의 음모론적 사고가 강하윤에게도 옮은 것은 아닌가, 하고 생각했다.

강하윤이 말을 이었다.

"그게, 그렇잖아. 저번에는 여 순경에게 사건의 진상을 밝혀 달란 듯 나와 놓고 오늘은 손바닥 뒤집듯 그 견해를 바꿔 버렸어. 그러니까…… 어쩌면 이 일이 우리가 알지 못하는, 또는 감당하기 힘든 정도의 일과 엮여 있다는 것을 깨달은 게 아닐까 해서."

"……."

"그게, 음, 이를테면 안기부가 관련되어 있다든가."

강하윤이 웅얼거리듯 덧붙인 말에 여진환은 헛웃음을 터뜨릴 뻔한 걸 간신히 참았다.

'이러다가 프리메이슨 이야기도 나오겠네.'

오히려 여진환은 그 '귀족적인' 태생 탓에 세간이 생각하는 '거대한 음모' 같은 것이 존재하지 않다는 걸 확신하고 있어서, 강하윤의 말을 냉소적으로 웃어넘기는 중이었다.

"뭐, 그런 가능성도 고려는 해 보죠."

"……."

강하윤도 말하는 것과 달리 여진환이 자신의 견해를 헛소리 취급하는 중이란 걸 눈치채곤 떨떠름한 얼굴이 됐다.

"나도 어디까지나 가능성 측면에서 한 이야기일 뿐이야."

강하윤이 민망함을 무마하듯 어조를 바꿔 말을 이었다.

"아무튼 지금으로선 답이 나오지 않는 이야기네. 배성준 형사가 도깨비 신문에 대한 정보를 요구한 까닭도 알 수 없고."

여진환이 턱을 긁적였다.

"그건…… 예. 지금으로서는 알 수 없죠. 조설훈이 해당 정보를 요구한 것일 수도 있고, 배성준 형사가 독자적으로 판단한 것일 수도 있으니까요."

여진환의 말마따나 배성준이 석동출에게 해당 정보를 요구한 까닭은 말 그대로 '지금으로선 알 수 없는 일'이 되었다.

그것에 관해 입을 열어 줄 만한 인물은 이제 더 이상 세상에 존재하지 않으니까.

"선배님."

"응?"

여진환이 물었다.

"조금 다른 이야기입니다만, SJ컴퍼니와 도깨비 신문 사이엔 실제로 모종의 관계가 있습니까?"

"……아, 그거 말이지."

강하윤이 볼을 긁적였다.

"사실대로 말하면, 있어."

"……예?"

"도깨비 신문은 SJ컴퍼니의 투자를 받아 설립된 회사거든."

여진환의 표정이 딱딱하게 굳었다.

"그렇다면……."

그는 강하윤에게 '이성진은 정말로 이번 사건과 무관하지 않을지도 모른다'는 말을 하려다가 하려던 말을 속으로 삼켰다.

"응?"

"아뇨, 아무것도 아닙니다."

강하윤은 이성진에게 호의적인 인물이다.

따라서 지금 그가 이성진을 의심하기 시작했단 말을 하게 된다면, 강하윤은 방어기제가 발동해 거리를 둘지도 모른다고 생각했다.

'애당초 지금 사안은 이성진이 연루되어 있는지 아닌지가 핵심이었고.'

그러면서 여진환은 양상춘이 이성진을 용의자로 의심하고 있는 것이 그럴싸하다고 여겼다.

"아무튼 지금은 생각해 봐도 답이 나오지 않는 것 같으니, 일단 광수대로 가 보겠습니다. 어차피 선배님도 복귀를 하셔야 하니까요."

"……응. 고마워."

"아뇨, 뭘요."

여진환이 기어를 바꿨을 때, 강하윤이 아, 하고 입을 열었다.

"김보성 검사님."

강하윤의 입에서 뜬금없이 나온 말에 여진환은 어리둥절해하며 그녀를 힐끗 쳐다보았다.

"예?"

"혹시, 이번 일에 김보성 검사님의 도움을 받아 볼 수 있지 않을까?"

"김보성 검사님이라면……."

"응. 이번 사건에 배정된 우리 검사님."

강하윤이 말을 이었다.

"여 순경은 잘 모르겠지만……. 아니, 나도 아주 잘 안다고는 할 수 없지만, 내가 본 김보성 검사님은 올곧고 강직한 분이셔."

"……."

"그러니 솔직하게 상의를 드리면 이번 일에 도움을 주실지도 모른다고 생각해."

김보성이 누구인가 하는 것쯤은 여진환도 익히 알고 있다.

아니, 오히려 여진환은 김보성을 '꽤' 잘 알고 있었기에 그를 만나자는 강하윤의 제안에 당황하는 중이었다.

그도 그럴 것이 김보성을 좌천하기로 결정한 인물이 여진환의 부친인 여종범 검찰총장이니까.

"그……렇습니까."

그래서 여진환은 벌레 씹은 표정을 간신히 감추며 강하윤의 말을 받았지만, 강하윤은 그런 여진환을 눈치채지 못한 채 고개를 주억거렸다.

"어차피 광수대로 가는 길이니까, 여 순경도 한번 만나 뵈면 좋을 거 같아."

"……만나 주실까요?"

"밑져야 본전 아니니?"

아니, 본전도 못 건질 것 같아서 그러는 것이다만.

여진환은 속으로 한숨을 내쉬며 다시 차를 몰았다.

강하윤과 석동출이 병원을 떠나고 한참 뒤, 석동출이 입원해 있는 병실 문이 열렸다.

"안녕하십니까."

석동출은 태연한 얼굴로 병실에 들어선 사내를 가만히 노려보다가 입을 뗐다.

"……오늘은 어쩐 일입니까?"

"에이, 그렇게 경계하실 것까지야."

석동출이 누워 있는 병상 가까이 온 사내가 툭, 하고 링거를 건드렸다.

"그저 잘 지내고 계신가, 해서 찾아왔을 뿐입니다."

"……."

"보아하니 잘 지내고 계신 거 같긴 하지만요. 동출 씨의 병세가 완화되는 모습을 보니, 일부러 개인 병동을 마련해 드린 보람을 느낍니다."

석동출이 한숨을 내쉬었다.

"저는 아무 말도 하지 않았습니다."

그가 보란 듯 미소를 지으며 손가락 마디로 벽을 퉁퉁 두드렸다.

"예, 압니다. 옆방에서도 잘 들리더군요."

김철수.

조설훈을 살해하였을 뿐만 아니라 석동출의 다리에 총알을 박아 넣은 사내.

석동출이 두 번 다시 만날 리 없다고 생각했던 그와 재회한 건, 저번에 여진환이 병문안을 다녀간 직후였다.

무엇을 감추랴, 싶을 만큼 당당한 모습으로 나타난 김철수는 긴말을 하지 않았다.

「이 병실은 다 좋은데 한 가지, 방음이 잘 안 된단 단점이 있답니다.」

그 말이 함의하는 바는 뚜렷했다.

그 뒤 석동출은 자신이 이미 저들의 손바닥에 놓여 있다는 걸 깨달았다.

애당초, 아무리 공로가 있다 한들—칼침을 맞고도 단체실에 입원하는 경찰들도 비일비재한데—큰 부상도 아닌 석동출에게 개인 병실이 지급된 것부터 의심해 봐야 했다.

그럼에도 석동출에게 개인 병실이 지급되었다는 건, 그를 감시한단 목적도 겸하고 있단 의미인데도.

김철수가 블라인드를 살짝 젖혀 창밖을 바라보았다.

"저희 사이니만큼 오지랖을 조금 부려 보자면, 일부러 먼 걸음 해 준 친구들에게 그렇게 매정하게 대할 건 없지 않습니까?"

"……."

그러면서 창밖을 보고 있는 건 분명, 창밖으로 여진환의 차가 병원을 나갔는지 확인하는 것이리라.

"그건 그렇고."

김철수가 고개를 돌려 석동출을 보았다.

"친구분들이 상황을 제법 정확히 꿰고 있더군요. 조금 감탄했습니다. '유령'이라니, 조금 낯간지러운 호칭이긴 하지만요."

"……그래서, 죽일 겁니까?"

석동출의 적의가 묻어난 노골적인 말에 김철수는 눈을 동그랗게 뜨더니 웃음을 터뜨렸다.

"하하하, 나 원, 유머 감각이 남다른 분이셨군요. 동출 씨, 다시 봤습니다."

"……."

"피차 국민들이 내 주시는 세금으로 먹고산단 의미에선 다 한솥밥 먹고 사는 처지 아닙니까?"

김철수가 턱을 긁적이며 들으란 듯 중얼거렸다.

"뭐, 그렇다고 신경이 쓰이지 않는다고 말하면 거짓말이겠지만."

김철수는 의미심장하게 들리는 한마디를 뱉은 뒤, 다시 빙긋 웃으며 석동출을 보았다.

"만에 하나 일이 잘못된다 하더라도 저 한 사람만 입을 다물면 끝나는 일이거든요."

"……그게 무슨 말입니까?"

김철수가 어깨를 으쓱였다.

"그걸 굳이 제 입으로 말해야 하겠습니까?"

"……."

석동출은 그가 '여진환이나 강하윤의 입을 다물게 하는' 수단을 강구할 생각까진 없다는 걸 깨달았지만, 그렇다 하더라도 '김철수 자신이 입을 다무는 방법'이 예사로운 수단은 아닐 것이라 생각했다.

"그래도 덕분에 대한민국 경찰의 유능함은 잘 알았습니다. 개인적으론 그 열정과 에너지가 좀 더 올바른 방향을 향해 가면 좋겠단 바람이 있긴 하지만요."

"……."

"아무튼 동출 씨가 저희에게 협조적으로 나와 주시는 한에선 모든 게 괜찮다는 것만 알아 두시면 됩니다."

"……한 가지, 물어봐도 됩니까?"

"아뇨. 안 됩니다."

"댁들은 대체 누굴 위해서 일하고 있는 겁니까?"

"……."

"애당초 조설훈이 거기서 죽을 이유도 없지 않습니까. 그대로 체포했더라도 사회적으로나 사법적으로나 조설훈의 죽음은 마찬가지가 아닙니까."

"한 가지가 아닌데요."

아랑곳하지 않고 던진 석동출의 질문에 김철수는 난감하단 듯 머리를 긁적이더니 의자를 끌어와 그 위에 엉덩이를 붙였다.

"그리고 알아서 뭐 하시게요?"

"……."

"아, 혹시."

김철수가 석동출의 침상 아래를 뒤적이더니 테이프로 붙여 둔 녹음기를 떼어 내 석동출 앞에 흔들어 보였다.

"책이라도 쓰실 생각입니까?"

"……."

"혼자만 알고 계실 생각으로 단순한 호기심에 던진 질문이라면 대답도 고려는 해 보겠습니다만."

석동출의 얼굴이 딱딱하게 굳었고, 김철수는 빙긋 웃으며 빨간색 정지 버튼을 누른 뒤 녹음기에서 카세트테이프를 꺼내 품에 넣었다.

"'여기서 나를 죽였다간 경찰들이 의심할 것이다' 하고 말씀하시게요? 에이, 동출 씨도 참, 영화를 너무 보셨네."

"……."

"흠, 차라리 이렇게 합시다."

김철수가 녹음기를 침대 옆 탁자에 놓았다.

"석동출 씨, 저희랑 일 좀 해 보시겠습니까?"

예전에도 느낀 바였지만, 김철수의 표정에서 그 심리를 읽는 건 어려운 일이었다.

그는 필요에 의해 상황에 맞춘 가면을 쓸 줄 알았고, 감정의 동요를 얼굴에 드러내지 않는 사내였다.

그래서 석동출은 김철수의 말을 듣고서 한동안 그가 이 상황에 농담을 한 것이 아닌가 하고 생각할 지경이었다.

"일이라고요?"

석동출이 힘겹게 입을 떼며 반문하자, 김철수는 방금 전 건넨 말은 빈말이 아니라는 듯 빙긋 웃으며 깍지 낀 손을 무릎에 올렸다.

"예, 일요."

"……안기부 요원을 이런 식으로 채용하는 줄은 몰랐습니다만."

"하하."

김철수가 웃었다.

"그야 공식 채용도, 그렇다고 특별 채용을 하려는 건 아닙니다. 저 같은 말단에게 그런 인사권이 있지도 않고요."

"……."

"다만 개인적으로……."

김철수는 보란 듯 탁자에 올려 둔 도청기를 힐끗 쳐다보았다.

"저는 이런 상황에도 불구하고 발휘되는 석동출 씨의 결행능력과 담력을 높이 사고 있거든요."

"말씀하신 의도를 알 것 같군요."

석동출이 무표정한 얼굴로 입을 뗐다.

"저를 죽일 수도, 그렇다고 제 입을 다물게 할 자신도 없으니 아예 한편으로 끌어들이잔 이야기입니까?"

"석동출 씨의 그 상상력도 높이 사고 있습니다."

김철수는 석동출의 시선에도 아랑곳하지 않으며 말을 이었다.

"조광이 몰락했다, 아니, 몰락하는 중이라는 건 석동출 씨도 잘 알고 계실 겁니다."

석동출은 김철수의 입에서 나온 말이 뜬금없다고 여기면서 고개를 끄덕였다.

"그쪽이 그렇게 만들었죠."

"하하, 예. 어쩌다 보니 그렇게 되고 말았군요. 어쨌거나 말입니다만."

김철수가 미소를 슬쩍 거뒀다.

"흔히들 호랑이 없는 굴에는 여우가 왕이 된다고들 하지 않습니까."

"……무슨 말씀을 하고 싶은 겁니까?"

김철수는 품에서 담배를 꺼내 석동출에게 내밀었다.

"태우시겠습니까? 며칠 담배에 굶주리셨을 텐데."

"……병원입니다만."

"뭐 어떻습니까. 개인실인데요."

"……."

결국 석동출은 김철수가 건넨 담배를 받아, 그에게서 불까지 얻었다.

"후우."

석동출은 실로 오랜만에 피우는 담배에 잠시 취했고, 김철수는 자연스럽게 물 적신 휴지를 바닥에 깐 종이컵을 탁자에 놓았다.

"석동출 씨도 조광이 어떤 '기업'인지 대강은 알고 계실 겁니다."

김철수의 말에 석동출은 종이컵에 재를 툭툭 털었다.

"조폭이나 다름없는 곳, 이란 말씀을 하고픈 겁니까?"

"이해가 빨라서 좋군요."

김철수가 빙긋 웃으며 깍지 낀 손을 무릎에 올렸다.

"아시다시피 지금의 조광은 대한민국을 대표하는 물류 유통회사로 이름을 떨치고 있는 곳입니다만, 그 근간을 살피면 조성광 회장이 젊을 때 야쿠자에게서 받은 돈을 밑천 삼아 사업을 시작했던 곳이죠."

"……."

가십으로만 떠돌던 이야기가 안기부 요원인 김철수의 입에서 흘러나오자 석동출은 설명하기 힘든 묘한 기분에 휩싸였다.

"세간에 떠돌던 소문이 사실이었던 모양이군요."

"아니 땐 굴뚝에 연기 날 리 있겠습니까. 뭐, 그 유착도 그 야쿠자 조직이 몰락하며 자연스레 끊어졌습니다만 어쨌건 조성광 회장도 아주 떳떳한 자수성가형 인물은 아니었단 이야기죠. 아무튼."

김철수가 말을 이었다.

"그렇게 사업을 시작한 조성광 회장은 다른 조직이 흉내내지 못할 자금력과 그 특출한 수완을 발휘하여 각종 조직을 병합, 국정이 혼란스러울 땐 몇몇 국가사업에도 끼어들며 지금의 대기업으로 이름난 조광을 만들어 냅니다. 사실상 대한민국을 대표하는 전국구 조폭으로 거듭났다고도 할 수 있겠죠."

"……."

"자, 여기서 석동출 씨라면 대한민국 정부가 어째서 그런 걸 알고서도 조광을 내버려 두었는가, 하고 궁금해하실 것 같은데요."

빙글빙글 웃는 김철수의 얼굴을 보며 석동출이 담배를 한 모금 태웠다.

"……정치권과 유착입니까? 흔히들 말하는 사과 박스라든가."

김철수가 잠시 생각하다가 고개를 까딱였다.

"70점짜리군요."

"……."

"그렇다고 재수강하실 필요는 없지만요."

김철수가 건방지게 말을 이었다.

"아마 반 만 년 세계사를 통틀어도 지금의 대한민국처럼 변혁과 물갈이가 심한 나라도 찾기 힘들 겁니다. 조성광이 암만 줄을 잘 섰다 하더라도 한 걸음만 삐끗했다간 그 줄이 끊어졌음은 자명하지 않습니까."

"……."

"당장 현 정권만 하더라도 만고불변할 것 같던 어느 정치 단체와 손을 끊으면서 탄생한 정부이기도 하고 말입니다."

석동출은 김철수의 입에서 술술 흘러나오는 이야기가 어딘지 위험하다고 판단해 그쯤해서 그 입을 막았다.

"그래서 무슨 말씀을 하고 싶은 겁니까?"

"해가 비추는 땅에 그림자가 없을 순 없다고들 하죠. 조성광은 분명 다재다능한 인물이었고, 논란은 분분할 수 있겠으나 헌정 이후 이 땅에 굵직한 족적을 남긴 인물 중 한 명으로 역사에 남을 겁니다."

왜 계속 딴소리를 하는가 싶었더니 김철수가 입매를 비틀며 말을 이었다.

"그리고 제가 생각하는 그의 가장 큰 미덕 중 하나는 '제 분수를 알고 선을 넘지 않는 것'이었습니다."

"……선?"

"예."

김철수가 어조를 바꿔 말했다.

"지네는 분명 벌레들의 왕이랄 수 있겠죠. 바위 아래에만 잘 머물러 있으면 마치 세상이 자기 것인 양 살아갈 수 있을 겁니다."

그 입에서 나온 건 이번에도 다른 주제를 말하는 듯한 비유로 가득했지만.

"하지만 지네가 제 분수를 모르고 집안을 서성이기 시작하는 순간."

눈웃음 짓고 있는 김철수의 눈빛이 서늘하게 빛났다.

"지네는 그 즉시 사람 발에 밟혀 유명을 달리하고 마는 겁니다."

"……."

석동출은 말없이 담배를 한 모금 더 태운 뒤, 종이컵에 재를 털었다.

"그게 조설훈이 죽은 이유입니까?"

"글쎄요, 그건 해석하기 나름이겠죠."

김철수는 의뭉스런 미소로 석동출의 말을 받았다.

거기서 석동출은 김철수의 비유 가득한 화법이 그 나름대로의 선긋기임을 깨달았지만, 석동출은 김철수의 말장난에 어울려 줄 생각이 없었다.

"조설훈이 죽은 이유는 알겠습니다."

김철수는 부정도 긍정도, 그렇다고 방금 전처럼 점수를 매기지도 않으며 가만히 석동출의 말을 기다렸다.

그래서 김철수의 반응을 기다리던 석동출은 하는 수 없이 재차 말을 이었다.

"아까 전 호랑이 없는 굴 운운하신 것도 알 것 같고요. 조광이라고 하는 전국구 기업형 조폭이 사라지고, 지금 그 통제를 벗어난 놈들이 설치기 시작했다는 말씀입니까?"

김철수가 입을 열었다.

"부산에 마약이 돌고 있더군요."

이번엔 비유가 전혀 담기지 않은 말이었다.

"뭐, 마약류야 예전에도 이래저래 경찰 눈을 피해 조금씩 유통되고 있었습니다만, 이번엔 조광이 몰락한 틈을 탄 놈들이 제법 크게 설쳐 대기 시작하는 모양입니다."

조성광, 나아가 조광은 다른 일은 다 하더라도 마약만큼은 손대지 않았다.

그건 조성광이 착한 악당(?)이어서가 아니라, 그 나름대로 여러 계산이 선 결과였다.

수입에 의존하는 마약류가 본격적으로 유통되기 시작한다면 대한민국이 돈벌이가 된다고 판단한 외국계 조직이 발을 들일지도 모를 일이었고, 그 과정과 결과로 대한민국의 음지 생태계가 어지러워진다면 이는 조광에게도 결코 좋은 이야기가 아니게 되는 것이니까.

하물며 이미 전국을 장악하고 있던 조광 입장에서는 굳이 마약에 손을 대 외래종을 끌어들일지 모른다는 위험 부담을 살 까닭이 없는 것이다.

김철수의 말에 석동출이 미간을 찌푸렸다.

"어느 정도입니까?"

"마약반에서 꽤나 순도 높은 메스암페타민 3Kg을 압수했죠."

"……."

g 단위로 판매되곤 하는 마약이 Kg 단위로 적발.

"뉴스에선 보지 못했습니다만."

"그렇게 따지면 이번 사건도 엠바고가 걸린 것으로 아는데요."

김철수의 말에 석동출은 궤변이라고 생각하면서도 반박하지 못했다.

"……그쪽에서는 그걸 정부가 범죄 조직에 대한 통제력을 잃기 시작한 전조로 해석하고 있습니까?"

"그걸 어떻게 해석하는가 하는 건 석동출 씨의 상상에 맡기겠습니다. 제가 하는 말은 어디까지나 일개 말단의 입에서 나오는 혼잣말에 불과하거든요."

"……."

해석의 여지가 없는 상황을 이야기하는 와중에도 발을 빼다니, 상당히 정치적인 화법이었다.

석동출이 이죽거렸다.

"그러면 제가 마약반에 배속되어 부산의 마약 조직을 소탕하란 말씀이기라도 합니까?"

"그럴 리가요. 고작 그것뿐이라면 경찰 인사 담당의 통보를 기다려도 되는 일 아닙니까."

그걸 '고작'이라고 말하는 김철수를 보며 석동출은 어처구니가 없다고 생각했다.

하긴, 이미 마약반 베테랑이 수사 중인데 자신이 덜컥 그 자리에 끼여 들어가 봐야 큰 도움이 되리라 생각할 만큼 자신의 능력을 과신하는 것도 아니지만.

"그러면 이런 일을 굳이 저에게 하신 까닭은요?"

"이제부터 본론입니다."

김철수가 그 얼굴에 줄곧 걸려 있던 미소를 거뒀다.

"거기 가서 프락치 노릇 좀 해 주시겠습니까?"

"……."

석동출의 손가락 사이에 낀 담배에서 타들어 간 재가 툭 하고 환자복으로 떨어졌다.

석동출이 황급히 담배를 종이컵에 넣었다.

"무슨 소립니까, 그게? 프락치 노릇이라니……."

"말 그대롭니다."

김철수가 태연히 대답하며 품에서 담뱃갑을 꺼냈다.

"하나 더 태우시겠습니까?"

"아뇨, 됐습니다."

김철수가 품에 담뱃갑을 집어넣었다.

"그러시죠, 그럼. 아무튼 저는 석동출 씨가 신분을 감춘 채 마약 조직에 들어가 공익에 도움을 주는 방향으로 움직여 주셨으면 하고 있습니다. 저희도 조광이라는 통제력이 사라진 이상, 새로 일을 시작해야 할 판국이거든요."

"……."

"그 일에 필요한 위장 신분 등은 이쪽에서 마련해 드리겠습니다. 뭐, 조금 위험한 일이긴 합니다만 할 수 있는 필요한 지원은 다 해 드릴 생각이고요."

석동출은 벌써부터 이 일이 마치 결정된 일인 양 늘어놓은 김철수를 노려보았다.

"애당초 제가 왜 그런 짓을 해야 하는지도 모르겠는데요. 하겠다고 한 적도 없고요."

"그러면 물어보죠."

김철수가 석동출을 물끄러미 바라보았다.

"지금 석동출 씨가 하고 싶은 건 뭡니까?"

"……예?"

"방금 나간 석동출 씨의 친구들처럼 조설훈의 죽음에 얽힌 진상을 파헤치시려는 겁니까? 그 정도는 '안기부가 관련되어 있었다'고 말하면 그만인데 말이죠."

"……."

"아니면, 어디 보자, 이번 일의 배후에 SJ컴퍼니의 이성진 사장이 관여하고 있었다는 걸 밝혀 볼 생각입니까?"

김철수의 단도직입적인 질문에 석동출은 움찔하고 말았다.

"먼저 말씀드리자면 그 꼬마는 아무것도 모릅니다. 얼마 전에 만나 보기도 했고요."

"……만나 보았다니."

"저를 좋아하지는 않더군요. 지금 석동출 씨처럼요."

석동출은 저도 모르게 마른침을 삼켰고, 김철수는 그런 석동출을 무표정한 얼굴로 보았다.

"조설훈이 죽은 건, 어디까지나 그가 죽을 만했기 때문입

니다. 그로 인해 누군가가 결과적으로 반사 이득을 얻었다고 한들 그건 저희가 상관할 바가 아닙니다."

"……."

"물론 예의 주시는 하고 있습니다. 벌써부터 사업 수완을 발휘하고 있는 재능 있는 초등학생이라니, 장래가 기대되는 소년이지 않습니까? 하지만 저희가 이성진에게 두고 있는 관심이란 그 이상도 이하도 아닙니다."

김철수가 말을 이었다.

"그렇다고 해서 조설훈 같은 작자에게 그 찬란한 미래가 끊기길 바라는 것도 아니지만요."

석동출이 고개를 저었다.

"……이성진에 관해선 됐습니다. 어차피 저도 그 소년과는 면식조차 없고요."

"꽤 냉정하시군요. 그 꼬마를 궁금해하실 줄 알았는데."

"둘째 치고 있는 것뿐입니다."

석동출이 인상을 찌푸렸다.

"백 번 양보해서 왜 접니까?"

"……흠."

김철수가 턱을 긁적였다.

"조금 개인적인 감상을 말씀드리자면, 석동출 씨가 쓸모 있어 보여서죠."

"……그쪽이 저에 대해 뭘 안다고……."

"이상주의자라는 점."

김철수의 이번 말은 두루뭉술하지 않고 단호했다.

"이상주의자……."

"이런 일을 하려면 제법 중요한 요건입니다. 자신의 신념을 관철할 줄 아는 이상주의자는 다른 유혹에 흔들리지 않고, 좀 더 큰 그림을 볼 줄 아는 법이거든요. 그리고……."

김철수가 다시금 미소를 지었다.

"……석동출 씨는 이미 '경찰로서의 신념'을 팔아치우지 않았습니까?"

"……지금, 그게."

"아닙니까? 석동출 씨에겐 이미 몇 차례인가 '진실을 밝힐' 기회가 있었습니다."

"……."

"하지만 석동출 씨는 '경찰로서의 신념'을 초월한 개인의 신념에 따라 위증을 했죠. 오해하지 않도록 말씀드리자면, 저는 결코 그걸 탓하고자 하는 것이 아닙니다. 그 결과 배성준 형사는 명예를 지켰고, 남겨진 그 아이들은 배성준 형사에게 지급될 연금을 탈 수 있게 되었습니다."

김철수가 의미심장하게 덧붙였다.

"물론 저희도 일이 그렇게 되게끔 조금 도움을 주기는 했지만요."

"……."

김철수의 말 대로였다.

석동출은 하고자 한다면 '증언'을 할 수 있었다.

하지만 하지 않았다. 아니, 하지 않았을 뿐만 아니라, 침묵은커녕 위증을 통해 '적극적'으로 의사 표명을 하였다.

당시에는 그것이 최선이라고 생각한 것도 있었지만.

'……저들에게 무슨 해코지를 당할지 두려웠던 것도 있었어.'

그 비겁함은 아마 무덤까지 가져가겠지만.

석동출은 왠지 모르게, 눈앞의 저 사내가 자신의 비겁함조차 이용하고 있는 것이라 생각했다.

김철수의 제안은 그 비겁함에 눈 돌린 석동출의 원죄를 건드리는 것이었고, 석동출은 이미 외통수에 몰려 있었다.

김철수가 자리에서 일어섰다.

"조금 생각할 시간을 드리죠. 다음에 올 땐 석동출 씨가 숙지하면 좋을 위장 신분과 함께 찾아뵙겠습니다."

그래, 이건 제안이 아니라 협박이었고, 사실상의 통보였다.

그 뒤 김철수는 자연스럽게 병실을 나섰고, 병실에 남은 담배 냄새만이 그가 존재했단 흔적으로 남았다.

"……."

여담이지만 석동출은 이후 병실을 체크하러 온 간호사에게 담배를 피웠단 이유로 혼쭐이 났다.

6장

강하윤과 여진환이 김보성의 사무실을 찾아 갔더니, 마침 복도와 연한 문이 열리며 김보성이 모습을 드러냈다.

"그러면 인수인계는 그 정도에서……."

누군가를 마중하는 중이던 김보성은 강하윤의 묵례를 눈인사로 받더니 곁에 선 남자에게 어조를 바꿔 말을 이었다.

"아, 마침 잘됐군. 인사하게. Y서에서 온 강하윤 형사님이야. 그리고……."

여진환이 얼른 말을 받았다.

"처음 뵙겠습니다. ××파출소 여진환 순경입니다."

"……음."

김보성은 여진환의 소개에 고개를 짧게 끄덕이곤 강하윤

에게 곁에 선 남자를 소개했다.

"강하윤 형사님, 이쪽은 이후 저를 대신해 사건을 진행해 줄 박강호 검사입니다."

곁에 서 있던 남자는 김보성의 지방 발령이 확정되고, 그 후임으로 배정된 검사인 모양이었다.

말이 좋아 지방 발령이지, 중앙에서 멀어진다는 건 사실상 좌천이나 다름없는 것이어서 강하윤은 어떤 표정을 해야 할지 난감했지만.

그럴 틈도 없이 박강호 검사가 강하윤에게 당당히, 기세 좋게 악수를 권했다.

"하하, 말씀은 많이 들었습니다! 박강호라고 합니다! 잘 부탁드리겠습니다!"

"아…… 예. 강하윤 형사입니다."

박강호의 기세에 휩쓸린 강하윤은 길게 생각할 것도 없이 얼떨떨한 표정으로 그 악수를 받았다.

그는 강하윤과 힘차게 악수를 나눈 뒤, 곁에 서 있던 여진환을 향해 손을 내밀었다.

"그리고 ××파출소 여진환 순경님! 자료는 읽어 보았습니다!"

"아, 예."

"이번 일에 많은 도움을 주셨다고……. 응?"

박강호는 여진환과 악수를 나누다 말고 멈칫하더니, 여진환을 물끄러미 쳐다보다가 웃음을 터뜨렸다.

"하하! 실례했습니다! 왠지 제가 아는 분과 닮으신 것 같아서요!"

"……예."

여진환은 어딘지 모르게 떨떠름해하는 얼굴이었는데, 그건 왠지 박강호의 스스럼없는 태도 때문에 당황한 모습 때문으로만은 비치지 않는 것 같다고 강하윤은 생각했다.

"그러면 먼저 실례하겠습니다! 말씀 나누십시오! 저는 다음에 또 뵙겠습니다, 하하!"

인사를 마친 박강호는 김보성에게 꾸벅 묵례하곤 뒤도 돌아보지 않고 성큼 걸음으로 복도를 걸었다.

멀어지는 박강호의 뒷모습을 보던 강하윤이 고개를 돌렸다.

"저분이 후임 검사님이신……."

"예. 박강호 검사라고, 제가 아끼는 후배입니다."

김보성의 입에서 나온 '아끼는 후배'라는 말은 단순한 체면치레 이상의 평가를 담고 있는 듯했다.

뭐, 김보성이 장담할 정도니 실력은 있겠지마는…….

"……얼핏 뵙기에도 정열적인 분이신 것 같습니다."

강하윤의 말에 김보성은 부정하지 않겠다는 듯 쓴웃음을 지었다.

"열정 가득한 친구죠. 그보다……."

김보성이 여진환을 의식하듯 그를 힐끗 살피며 강하윤에게 말을 이었다.

"일부러 저를 찾아오신 것 같은데, 들어가시겠습니까?"

"아, 그게 말입니다만……."

강하윤은 힐끔 김보성 뒤의 검사 사무실 문을 쳐다보았다.

사무실 안쪽에 자리 잡은 김보성의 개인 사무실 공간은 (석동출이 원인이 되었던 일로)여전히 뻥 뚫린 채였고, 그런 반쯤 개방된 공간에선 원활한 대화가 어렵겠단 생각을 한 것이다.

김보성은 강하윤의 표정에서 무슨 일인지는 모르나 그녀가 자신에게 긴히 할 말이 있다는 걸 눈치채고는 고개를 끄덕였다.

"그러면 잠시 자리를 옮기시죠."

"예. 감사합니다."

강하윤과 여진환은 김보성을 필두로 잠시 복도를 거닐었고, 김보성은 두 사람을 자료 보관실로 쓰는, 퀴퀴한 먼지 냄새가 나는 방으로 안내한 뒤 전등을 켰다.

"요즘은 빈 사무실이 잘 없더군요."

"아닙니다. 괜찮습니다."

"그러면."

김보성이 벽에 기대어 서서 말을 이었다.

"무슨 용건으로 저를 찾으셨습니까?"

"그게 말입니다……."

강하윤은 여진환을 쳐다보았고, 여진환이 고개를 짧게 끄덕이자 입을 뗐다.

"저희는 최근 양상춘 박사님과 함께 행동하고 있습니다."

"……아, 양상춘 박사님."

김보성이 떨떠름해하는 얼굴로 고개를 끄덕였다.

"그러잖아도 양상춘 박사님이 다짜고짜 사표를 내던지곤 출근을 하지 않는다고 들었습니다만…… 강 형사님과 함께 움직이고 계셨습니까?"

양상춘의 기행은 소속조차 다른 김보성의 귀에도 들어간 모양이었다.

강하윤은 괜히 그게 자신의 잘못인 양 생각하는 모양으로 뺨을 긁적였다.

"예. 어쩌다 보니 그렇게 됐습니다."

"……아무튼 알겠습니다."

김보성은 그 양상춘이 연루되어 있는 일이니만큼 왠지 심상찮은 이야기가 될 거라고 생각하며 물었다.

"그래서, 무슨 일입니까?"

강하윤이 주저하더니 조심스레 물었다.

"검사님, 이 일은…… 당분간 비밀로 해 주실 수 있겠습니까?"

"비밀요?"

"예."

비밀이라.

하긴, 굳이 이런 은밀한 자리를 필요로 한 일이니 이해는 갔지만.

김보성은 어쨌건 강하윤이 모종의 이유로 자신을 신뢰하고 의지하려 한단 것에 신기해하며 고개를 끄덕였다.

"알겠습니다. 지금 들을 이야기는 비밀로 해 두죠. 일단 비공식적인 일로 취급하겠습니다."

게다가 사표를 던진 양상춘까지 연루된 일이라니 개인적인 호기심이 일기도 했고.

"감사합니다."

강하윤은 고개를 꾸벅 숙인 뒤, 차분히 말을 이었다.

그리고 강하윤의 입에서 나온 말은 김보성이 예상하던 것 이상의 파급력을 띠고 다가왔다.

"……음."

잠자코 조설훈의 죽음과 관련한 강하윤의 이야기를 들은 김보성은 저도 모르게 미간을 찌푸려 가며 생각에 잠겼다가 입을 뗐다.

"저도 그 사건은 어딘지 이상하단 생각을 하고 있었습니다."

"……검사님께서도 말씀이십니까?"

"예. 이런 말을 하기는 조심스럽지만…… 결말이 지나치게 깔끔하단 생각을 했죠."

"……."

"그보다 석동출 형사가 위증을 했다는 건 분명합니까?"

잠자코 있던 여진환이 강하윤을 대신해 말을 받았다.

"제가 알기로는 그랬습니다."

"어떤 연유로?"

"예. 그러니까……."

잠시 망설이던 여진환은 이내 결심을 마쳤는지 처음 석동출의 병문안을 갔을 때 나눈 대화와 오늘 그가 보인 태도를 김보성에게 말했다.

김보성이 고개를 주억이며 중얼거렸다.

"어렵군요."

그는 짧은 감상을 입에 담은 뒤 고개를 들어 강하윤을 보았다.

"강 형사님."

"예, 검사님."

"얼마 전 이성진을 만나셨다고 들었는데, 성진이는 이 일로 자신이 용의선상에 올라와 있다는 걸 알고 있었습니까?"

강하윤이 우물쭈물하며 대답했다.

"아뇨. 그리고 제가 알기로는…… 그 일에 대해서도 전혀 모르는 눈치였습니다. 아, 또한 물어보니 성진이는 당일 분명한 알리바이가 있었습니다."

"그럴 겁니다."

김보성이 한숨을 내쉬었다.

“애당초 저는 양상춘 박사님과 달리 성진이가 뒤에서 이 일을 획책했다고는 보지 않고요.”

“그렇습니까?”

강하윤은 자신도 모르게 얼굴에 조금 화색이 돌았고, 김보성은 그런 강하윤을 이해한다는 듯 속으로 웃었다.

“예. 그도 그럴 것이 성진이가 나이에 비해 되바라진 면이 있다곤 하지만 뒤에서 그런 극단적인 음모를 획책할 아이는 아니라고 보거든요.”

여진환은 두 사람을 관찰하며 가없는 신뢰를 사는 이성진이 대체 누군지 궁금했지만, 내색하지 않으며 잠자코 이어지는 김보성의 말을 들었다.

“그런 사적인 감정을 배제하더라도, 성진이가 사람을 시켜 조설훈을 살해해 얻을 이득이 없습니다. 그야, 지금은 조세화가 조성광 회장의 유산을 상속 받아 그런 상황에 처해 있습니다만…… 그러한 이득을 내다보고 사건을 설계했다면 사전에 한 가지 전제가 필요하죠.”

김보성이 말을 이었다.

“그건 조세화에게 유산이 상속되리란 걸 이성진이 알고 있어야 한단 겁니다.”

“유산…….”

“물론 결과적으로는 조세화가 조성광 회장의 막대한 유산

을 상속 받은 상황이 분명합니다만, 지금은 그 내용을 배제하겠습니다. 아무튼 상식선에서—그야 두 혈족이 동시기에 사망하리란 생각은 조성광 회장도 하지 못했을 테니—여기서는 조성광의 유산이 조설훈과 조지훈에게 상속되었을 것이란 걸 전제로 이야기하겠습니다. 일반적으로 유산 상속은 별도의 언급이 없을 시 조성광 회장의 유산은 타 혈족들에게 균등히 분배되죠."

그러면서 김보성은 대습상속을 언급했다.

"즉, 법리적으로 장남인 조설훈과 차남인 조지훈이 사망하였을 경우 조성광의 유산은 그 손주와 며느리에게 균등 분배됩니다. 이때 유언장에 조세화가 상속인으로 따로 명시되어 있지 않다면 그녀가 받을 재산은 각각 조설훈과 조지훈의 배우자와 그 자녀에게 균등 분배되며, 따라서 '원래' 조세화가 받을 유산은 실제로 상속받을 재산의 몇 분의 일 정도밖에 되지 않죠."

그 '몇 분의 일'조차 (상속세를 떼더라도)서민들은 엄두도 내지 못할 금액임은 분명하지만.

지금처럼 조세화가 주목받을 만한 지분은 갖지 못하리란 것이 김보성의 설명이었다.

"사건이 있고 나서 조성광 회장의 개인변호사를 만나 따로 이야기를 나눠 보았습니다. 그 유언장은 철저히 비밀에 부쳐져 세간에 공개되지 않았더군요. 그리고 해당 유언장은 조성광 회장의 생전, 그가 건강하며 심신이 맑을 때 작성되었으니 자체에는 문제가 없고요."

미간을 찌푸려 가며 생각에 잠겼던 강하윤이 입을 뗐다.

"그러면 검사님, 성진이는 해당 유언 내용을 알 리가 없으니 굳이 조설훈을 살해하여도 이득 볼 것이 적을 것이란 말씀입니까?"

"최소한 사람을 죽인다는 리스크를 감수할 정도는 아니라고 생각합니다."

다소 냉정하게 들리는 말을 뱉은 뒤, 김보성이 말을 이었다.

"또한 저희가 여기서 간과하고 있는 일이 있다면, 성진이가 그렇게 해서까지 조설훈을 살해할 이유가 없단 거죠."

"이유가 없다?"

김보성이 어깨를 으쓱였다.

"성진이는 삼광 그룹의 장손이 아닙니까. 그러니 상식적으로 굳이 위험을 감수할 필요가 없단 겁니다."

"……."

하긴, 같은 대기업이라 하더라도 삼광과 조광 사이의 격차는 크다.

하물며 삼광 그룹의 창립자인 이휘철의 직계 손자인 이성진은 가만히 있어도 막대한 재산이 손에 들어올 인물이니.

'……하긴, 상식적으로는 말이 돼.'

김보성이 말을 이었다.

"하물며 조세화가 그런 막대한 재산을 상속 받으리란 사실은 조성광 회장과 변호사밖에 모르던 일이었고…… 심지어 말씀을 들어 보니 그날은 조설훈이 조지훈을 살해한 것이 먼저 아닙니까?"

"그렇습니다."

"그렇다는 건 당시 조설훈에겐 조지훈을 살해할 의도가 명확했고, 이는 조설훈 자신의 의지였습니다. 그렇지 않고서 '이 일로 이익을 볼 인물'이 조설훈만을 죽이고자 하였다면, 조성광 회장의 유산은 자연스레 조지훈에게 넘어갔겠죠."

그렇게 되면 용의선상에 오르는 건 '가장 큰 이득을 볼 인물이기 때문에'라는 마찬가지의 이유로 조지훈이 되었을 것이다.

"그게 아니면 범인은 조설훈이 조지훈을 살해할 것임을 알고 접근해야 하는데…… 결국 이번 사건은 의도와 계획을 배제하고 접근해야 한다는 것이 제 생각입니다. 따라서 조설훈이 죽은 건 조성광의 유산과 관계가 없을 것이란 게 지금 막 떠올린 제 생각입니다."

강하윤은 고개를 끄덕이며, 그에게 상의해 보길 잘했단 생각을 했다.

"하지만 강 형사님이 제게 말씀하신 것도 일리는 있습니다."

김보성이 말을 이었다.

"조설훈의 죽음이 어딘지 석연치 않아 보였던 것은 분명하고, 석동출 형사의 증언은 양상춘 박사가 조사한 현장 증거와 모순되죠. 그러니 이번 사건……. '유령'이라 표현하셨죠. 유령이 존재했단 것 자체엔 주목해 볼 필요가 있어 보입니다."

김보성의 표정이 진지했다.

"그리고 양상춘 박사의 생각이 맞는다면 석동출 형사는 최소한 그 유령과 면식이 있을 것이라 생각하고요."

여진환이 끼어들었다.

"검사님, 그러면 석동출 형사에 대한 조사를 지시하실 생각입니까?"

"……모르겠습니다. 일단 이 이야기는 아까 비공식적인 것으로 취급하기로 약속하기도 했고."

김보성이 한숨을 내쉬더니 팔짱을 꼈다.

"개인적으로 석동출 형사를 아주 잘 아는 건 아닙니다만…… 그분이 두 분께 그런 식으로 나왔다는 건, 이번 사안은 신중하게 접근해야 한다는 신호라고 읽었거든요."

김보성은 머릿속으로 언젠가 자신을 찾아와 항의하던 석동출의 모습을 떠올렸다.

"그러니 이 일을 공론화하는 건 나중 일이 되어야 한다고 봅니다. 그건 석동출 형사의 안전과도 관계가 있겠죠."

석동출의 안전.

맹점이라면 맹점인 요소를 어렵지 않게 짚어 내는 김보성을 보며 여진환이 고개를 끄덕였다.

'생각보다 꽉 막힌 인물은 아니었군.'

김보성은 생각을 정리하는 모양으로 잠시 뜸을 들였다가 다시 입을 뗐다.

"우선은 이 정도로 정리해 둡시다. 우리가 지금 당장 이 사건에 뛰어들기에는 정보가 부족할 뿐만 아니라 여타의 연유로 신중히 접근할 필요가 있을 것 같으니까요."

강하윤은 김보성의 말에 고개를 끄덕였다.

"예, 검사님."

"그러면 이만 나가 보죠. 슬슬 덥기도 하고."

김보성은 보란 듯 넥타이를 조금 풀어헤쳤고, 강하윤도 쓴웃음을 지으며 고개를 꾸벅 숙였다.

"예. 협조해 주셔서 감사드립니다."

세 사람이 임시 자료 보관실을 나섰다.

강하윤은 자신의 자리로 돌아가 보겠단 말을 하며 양해를 구한 뒤 작별을 고했고, 여진환도 파출소로 복귀를 해야겠단 생각을 했을 때였다.

"여진환 순경님."

"예?"

"괜찮으시다면 잠시 시간 좀 내 주시겠습니까?"

김보성의 말에 여진환은 왠지 올 게 왔단 생각을 했다.
"……그러시죠."
"감사합니다."
김보성은 방금 전 빠져 나온 임시 자료 보관실로 들어갔고, 여진환도 그 뒤를 따랐다.
"여진환 순경님."
김보성이 툭 던지듯 입을 뗐다.
"혹시 여진환 순경님은 여종범 검찰총장님의 아드님이 아니십니까?"
역시.
여진환은 감출 생각이 없다는 듯 쓴웃음을 지었다.
"알고 계셨습니까?"
"처음부터 그랬던 건 아닙니다만."
김보성이 말을 이었다.
"일단 흔치 않은 성씨인 데다가…… 아까 전 박강호 검사가 알은체를 했던 것이 생각나서요."
"……."
"박강호 검사는 여승환 검사와 사법연수원 동기거든요."
그 말에 여진환은 내심 법조계 바닥이 참 좁다고 생각했다.
"살면서 딱히 형님과 닮았단 생각은 해 본 적 없습니다만, 박강호 검사님의 눈썰미가 좋으신 것 같습니다."

여진환의 말을 들으며 김보성은 속으로 '그쪽부터가 이미 여종범 검찰총장의 이목구비가 묻어나 있다'고 생각했지만, 생각한 바를 굳이 입 밖에 내지 않았다.

여진환이 말을 이었다.

"혹시 그 말씀을 하시려고 저를 따로 부르셨습니까?"

"예."

김보성은 둘러대지도 않았다.

여진환은 그런 김보성을 어떻게 대해야 할지 몰라 당황하며 입을 뗐다.

"미리 말씀드리자면, 제가 하는 일은 아버지와 무관합니다."

"그렇습니까?"

"애물단지거든요. 저는."

여진환은 오늘 처음 만난 사람 앞에서 괜한 말을 하고 말았다며 후회하면서, 이왕 엎질러진 물이라 생각해 재차 말을 이었다.

"대대로 법조계에 종사하는 집안에 공부에 소질도 흥미도 없는 놈이 툭 하고 튀어나왔으니까 말입니다. 그래서 저도 아버지를 뵙지 않은 지 조금 오래되었습니다."

김보성이 여진환의 말을 받았다.

"하면, 아버님께서는 지금 여진환 씨가 이 일을 수사 중이라는 사실을 모르고 계시겠군요."

김보성의 질문에 여진환은 조금 불쾌감을 느꼈다.

"……그런 자잘한 일에 신경 쓰실 분은 아닙니다. 다시 한 번 말씀드리자면, 제가 하는 일은 어디까지나 제 의지이지 아버지와 무관하고요."

여진환이 말을 이었다.

"다만, 검사님께서 저를 따로 불러 저희 집안 이야기를 꺼내신 이유를 잘 모르겠습니다."

벌써부터 핵심에 접근하려는 건 젊음의 증거일까.

김보성은 그렇게 생각하며 물었다.

"혹시나 해서 물어보는 겁니다만, 여진환 씨가 이번 일에 양손을 걷어붙이고 강하윤 형사를 돕고 있는 까닭을 들을 수 있겠습니까?"

"……."

여진환은 그 말에 잠시 뜸을 들였다가 대답했다.

"믿지 않으실 수도 있습니다만, 제가 이 사건에 협조하고 있는 건 석동출 형사가 저와 고등학교 동문이기 때문입니다."

"……."

"저는 석동출 형사와 그때부터 친하게 지내며 연락을 주고받았고, 어디까지나 그 형님이 이번 사건과 연루된 일이 남 일처럼 느껴지지 않아서 제 나름대로 도움을 받는 중에 불과합니다."

김보성이 고개를 끄덕였다.

"공교롭군요."

"예. 공교롭다면 공교로운 일이죠."

김보성이 손사래를 쳤다.

"아, 믿지 않는단 의미에서 한 말은 아닙니다. 그저 세상이 좁다고 생각해서 한 말에 불과하니 신경 쓰지 마십시오."

"……."

신경이 안 쓰일 리가 있나.

애당초 강하윤이 김보성을 만나러 가자는 말을 들었을 때부터 여진환은 불편함을 감추기 힘들었다.

그도 그럴 것이 김보성은 검찰총장인 자신의 아버지에 의해 좌천되었고, 그런 그가 여종범의 아들인 자신을 원망하리라 생각한 것이다.

만일 알아보지 못했거나 모른 척해 주었다면 다행이겠지만, 김보성은 모르기는커녕 오히려 노골적으로 자신을 따로 불러 그 이야기를 하려는 중이 아닌가.

그래서 여진환은 괜한 억울함과 아버지의 비열함에 대한 반박을 담아 김보성에게 무의식적인 적의를 드러냈다.

"저도 혹시나 해서 여쭤보겠습니다만, 검사님께서는 이번 사건과 관련해서 아버지께 따로 들은 말씀이 있으십니까?"

젊음이란.

이 상황에 역공을 가해 오는 여진환을 보며 김보성은 속으로 웃었다.

"아버님…… 그러니까 검찰총장님이 그러셨을 거라고 생각하십니까?"

"……솔직하게 말씀드려도 되겠습니까?"

"하시죠."

여진환은 한 차례 숨을 고른 뒤 입을 뗐다.

"저는 이번 사건이…… 그러니까 조설훈의 죽음 이전부터 다분히 정치적인 일이라고 생각했습니다."

"……."

"그분의 자식으로서 남에게 이런 말씀을 드리는 것 자체가 조심스럽습니다만, 은퇴가 머지않은 아버지는 당신께서 국민을 위해 무언가 할 일이 남았단 사명을 갖고 계신 분이죠. 그렇다고 해서 변호사 사무실을 개업하려는 생각도 없으신 분이니, 자연스레 정치에 눈길이 가셨으리라 생각합니다."

여진환은 정치를 하는 일 자체가 치부라 생각하는지 무표정하게 말을 이었다.

"그리고 저희 아버지가 최갑철 의원과 교류하고 있다는 건 알 사람은 다 아는 공공연한 이야기죠. 마침 이번에는 최갑철 의원의 예비 사위였던 박상대가 연루되어 있었으니, 아버지께서는 사건을 담당하고 계신 김보성 검사님께 적당한 선에서 일을 덮으라고 지시하셨을 거라고 생각했습니다. 검사님께서는……."

여진환이 입술을 잘근 씹었다.

"……외압에 굴복하지 않고 수사를 이어 가셨고, 그 결과 지방 좌천이라는 결과로 이어졌다고 생각합니다."

"……."

김보성은 여진환의 말을 듣는 내내 긍정도 부정도 하지 않았고, 여진환은 자신을 물끄러미 쳐다보는 김보성을 향해 고개를 꾸벅 숙였다.

"죄송합니다."

"……예?"

"저도 검사님의 이번 인사 발령이 부당한 일이며, 그 일에 아버지의 입김이 닿아 있다는 것쯤은 알고 있습니다. 그래서……."

김보성이 당황하며 여진환의 말을 끊어 냈다.

"여진환 씨가 사과하실 일이 아닙니다. 해서도 안 되고요."

"……."

"그리고 제가 여진환 씨를 불러 세운 건 그런 걸 추궁하려 한 것이 아닙니다."

고개 든 여진환을 향해 김보성이 진지한 얼굴로 말을 이었다.

"저는 어디까지나 혹시 검찰총장님께서 이번 사건에 아직 관심을 두고 계신가 생각했을 뿐입니다. 혹시 제 말이 오해를 불러왔다면 사과드리겠습니다."

"……."

여진환이 한숨을 내쉬었다.

"아닙니다. 사실이 그런 걸요."

여진환이 쓴웃음을 지으며 말을 이었다.

"저는 내심 김보성 검사님께서 이번 사건을 담당하시며 잘 해 왔다고 생각해 왔습니다. 심지어는 오히려 자칫 미제로 빠질 뻔한 걸 바로 잡으셨으니 언론의 공치사를 받아야 하실 분이라고……."

김보성도 좁디좁은 법조계에 퍼져 있는 소문은 익히 들어 알고 있었다.

명망 높은 법조계 가문 출신이자 검찰총장을 역임 중인 여종범은 자신의 막내아들을 애물단지 취급했고, 아들에 대한 관심을 끊고선 마치 없는 자식인 양 대한다는 이야기.

하지만 막상 대면하게 된 그 막내아들은 듣던 것과 달리 망나니인 것도 아니었고, 제 멋에 겨워 사는 부류도 아니었다.

'어쩌면 여종범 총장의 피를 가장 진하게 물려받은 건 여기 이 청년일지도 모르겠군.'

지금은 책임질 일이 많아져 보신에 신경을 쓰는 여종범이지만, 한창 때 그의 무용담은 법조계에 전설처럼 전해 내려오는 인물이기도 했다.

만일 여종범이 그저 주위의 눈치를 살피며 제 안위만을 챙기고자 했던 인물이라면 서슬 퍼런 군사독재 정권을 지난 오늘날, 지난 정권과 행보를 달리하겠다는 기치를 들고 나온

현 여당에게서 검찰총장으로 임명될 일도 없었으리라.

그런 여종범도 흰머리가 많아지고 배가 나오기 시작하면서부터는 조금 달라지기 시작했지만, 김보성이라고 해서 여종범을 개인적으로 싫어하거나 꺼리진 않았다.

그래서 여진환이 지레짐작하는 것과 달리 김보성은 그에게 막연한 호감마저 느끼고 있는 중이었다.

'반골 기질은 다분하지만 근본이 나쁜 청년은 아니야.'

김보성이 머리를 긁적였다.

'원래라면 여종범 총장이 아들을 시켜 이 일에 접근하고 있지는 않은가 정도만 확인할 생각이었는데…….'

비록 여전히 자신을 경계하는 느낌은 다분했지만, 거기서 김보성은 눈앞의 청년을 믿어 보아도 좋겠단 생각마저 했다.

'어쩌면 무거운 짐을 지우고 마는 걸지도 모르지만.'

결심을 마친 김보성이 입을 뗐다.

"음, 지금부터 드릴 말씀은 어쩌면 이번 사건과 무관하지 않을지 모를 이야기이기도 합니다만…… 여진환 씨께는 조금 언짢을 수도 있습니다. 먼저 양해를 드리죠."

"……예."

김보성은 잠시 뜸을 들였다가 말을 이었다.

"솔직히 말씀드리면, 수사 초기 박상대가 아직 살아 있을 때 검찰총장님께 이번 사건에서 적당히 손을 떼란 말씀을 들었습니다."

"……."

김보성의 입에서 나온 말은 생각하는 것 이상으로 솔직했고, 아버지와 자신의 인생을 분리해 두었다고 생각하던 여진환은 자신도 예상치 못했던 진득한 불쾌감을 느꼈다.

그는 지금 부친의 비겁함을 아들인 자신이 추궁 받고 있는 것처럼 느낀 것이다.

하지만 여진환의 이성은 김보성이 그 일로 자신을 책망하지 않는단 생각으로 그를 다잡았고, 여진환은 방금 전 김보성이 한 말도 괜한 트집을 잡기 위해서가 아니라고 스스로를 납득시켰다.

여진환이 힘겹게 입을 뗐다.

"정확히…… 무슨 내용이었습니까?"

"정확히 드릴 말씀도 아닙니다. 아무래도 박상대는 최갑철 의원의 예비 사위였으니 검찰 수사가 정치적 중립성을 의심받을지 모른단 우려 차원에서 하신 말씀이겠죠."

"……."

그게 그런 의미가 아니었을 거란 것쯤은 김보성도 알 터인데도.

"아무튼."

김보성이 어조를 고쳐 말을 이었다.

"제가 이 이야기를 꺼낸 건 단순히 여진환 씨께 검찰총장님과 그런 일이 있었단 걸 언급하려고 한 게 아닙니다."

그게 전부가 아니라고?

여진환이 고개를 갸웃했다.

"그러면…… 그 외에 다른 내용이 있습니까?"

김보성은 대답 대신 달각, 복도와 이어지는 임시 자료실 문을 열었다.

그는 복도를 거니는 사람이 없음을 확인하고 문을 닫은 뒤, 목소리를 낮췄다.

"총장님을 뵈었던 그날, 저를 기다리고 있는 사람이 있었습니다."

"……기다리고 있던 사람?"

김보성이 고개를 끄덕였다.

"제게 자신을 소개하기로, '얼마 전까지 남산에서 일했다'고 하더군요."

남산에서 일했다.

그 말은 곧 안기부에 대한 케케묵은 은유 중 하나였다.

여진환은 김보성의 말에 자신도 모르게 미간 사이에 주름을 만들었다.

"……정말입니까?"

심지어 여진환은 김보성이 무슨 농담을 한 게 아닌가 하고 잠시 생각했을 정도였다.

말하고서는 스스로도 아차 싶긴 했지만.

"본인은 그렇다고 말하더군요. 제가 그날 누굴 만났는지도 알고 있었으니 거짓말이라고는 생각하지 않았습니다."

"……."

김보성은 여진환의 그런 반응을 이해한다는 듯 담담히 말을 이었다.

"그날은 검찰총장님의 호출로 모 호텔 중화 요릿집을 갔죠. 저는 거기서 총장님께 최갑철 의원님을 소개받았습니다."

심증이 확신으로 굳어진 순간이었다.

"아버지가……."

주먹을 불끈 쥐며 중얼거린 여진환이 숨을 골랐다.

"무슨 청탁이 오갔습니까?"

"그렇게 노골적으로 말할 만한 내용은 없었습니다."

그날은 분명 '박상대에 관한 수사를 그만두라'는 은근한 압력이 있었음에도 불구하고, 김보성은 그렇게 둘러댔다.

하지만 여진환도 바보는 아니어서, 여종범 검찰총장이 친히 최갑철 의원까지 대동하고 김보성을 식사 자리에 초대했다는 것이 무슨 의미를 담고 있는지는 잘 알고 있었다.

그저, 김보성이 관련해 말할 생각이 없어 보여서 그도 더 이상 파고들지 않았을 뿐.

"……안기부는요?"

"안기부는……."

김보성은 신중히 말을 골랐다.

"신념대로 일을 밀어붙이라더군요."

"……신념."

"뭐, 굳이 안기부 사람의 당부가 없었더라도 변하는 건 없었을 겁니다. 마침 그날 도깨비 신문에서 박상대와 관련한 특종을 터뜨려 버렸으니까요."

김보성의 말에 여진환이 눈을 깜빡였다.

"……아, 저도 기억납니다. 그게 그날이었군요."

"예. 이후 자취를 감추고 호텔을 전전하며 숨어 다니던 박상대는 결국 강도 살해를 당하고 말았죠."

"……."

여진환은 잠시 생각하다가 입을 뗐다.

"그러면 도깨비 신문과 안기부 사이엔 모종의 유착이 있었을까요?"

"그건 저희도 알 수 없습니다."

김보성은 '모름'을 단정 지어 말했다.

"어쩌면 그날 보도가 나갔던 건 단순한 우연의 일치에 불과했을 수도 있죠. 한 가지 확실한 건……."

그는 잠깐 뜸을 들였다가 말을 이었다.

"그 일에 이성진이 간접적으로 개입해 있었다는 겁니다."

"……이성진? 이성진이라고 하면, SJ컴퍼니의……."

"예. 마침 제 딸아이의 친구여서 그날 만나 이야기를 나눠 보았죠."

그러잖아도 배성준은 죽기 전 석동출에게 SJ컴퍼니와 도깨비 신문 사이의 관계성을 조사해 달란 부탁을 했다.

'공교롭다면 공교로운 일인데…….'

여진환이 생각하는 사이 김보성이 말을 이었다.

"성진이 말에 의하면 도깨비 신문의 김기환 대표는 강하윤 형사가 발견했던 정순애 씨의 반지 건으로 소개를 받았다더군요."

"아, 강하윤 형사가 물고기 배 속에서 발견했다던 반지 말씀입니까?"

"예. 아시는지 모르겠습니다만 성진이의 외가가 뉴월드백화점을 경영하고 있죠."

이미 알고 있는 사실이지만, 여진환은 끼어들지 않고 고개를 끄덕였다.

김보성이 말했다.

"강하윤 형사도 그게 특수한 각인이 새겨진 반지였으니 밑져야 본전이란 생각으로 이성진의 인맥을 통했던 모양입니다. 그리고 뉴월드백화점은 박상대가 일본에서 반지를 구매했다는 걸 찾아 주었습니다."

"……거기서 도깨비 신문이 나온 건?"

"뉴월드백화점도 기업이니, 반지를 찾으면 마케팅에 이용하겠다는 약속을 한 모양이더군요. 물고기 배 속에서 발견된 반지란, 그 자체로 극적인 일이니까요. 그쪽에서도 나쁘지 않은 거래였을 겁니다."

여진환은 김보성의 말을 들으며 조금씩 실타래가 풀리는 것 같았다.

"즉, 이성진은 그때부터 도깨비 신문의……."

"김기환 대표."

"김기환 대표와 연락을 주고받았겠군요."

김보성이 고개를 끄덕이는 걸 보며 여진환이 눈을 가늘게 떴다.

"그러면 혹시 김기환 대표라는 사람은 중우일보에서 검열된 박상대 관련 기사를 올린 인물과 연관이 있습니까?"

김보성은 여진환이 거기까지 다가갔단 것에 내심 감탄하며 대답했다.

"저는 그것이 김기환 대표가 중우일보에 재적된 당시 쓴 기사로 알고 있습니다."

"……."

"다만 그때 당시 이성진이 김기환 대표를 알고 지냈는지는 모릅니다. 그 녀석이 제게 한 말에 의하면 반지 건으로 소개를 받아 연락을 주고받기 시작했다고 하니, 그 전에는 그를 몰랐을 것 같다는 게 제 생각입니다만."

말인 즉, 이성진은 (반지 건을 제외하곤)박상대의 스캔들이 폭로된 것과 직접적인 연관은 없을 것이란 의미였다.

'그렇다는 건 이성진은 이 일에 결백하다는 의미인가.'

이번 역시도 '하필이면 박상대의 스캔들을 폭로하려던 기자'와 연관되었다는 사실이 공교롭기는 했지만, 그조차도 우연의 일치가 아니라곤 할 수 없는 것이다.

여진환이 고개를 끄덕였다.

"알겠습니다."

여진환이 한 차례 뜸을 들였다가 말을 이었다.

"그러면 검사님, 검사님께서는 혹시 조설훈을 살해한 유령의 정체에 짐작 가는 부분이 있으십니까?"

김보성은 여진환의 질문이 퍽 노골적이라 생각했다.

"글쎄요……. 일단은 석동출 형사가 위증을 했다는 것이 입증되는 것이 선결 과제라고 생각합니다만, 그걸 전제로 삼더라도……."

김보성이 신중하게 말을 이었다.

"조설훈은 원체 적이 많은 인물이니까요. 이 사건에 여러 인물이 얽힌 것과 별개로 사적 원한이 담긴 제재에 불과할 수도 있습니다."

그 말을 들으며 여진환은 김보성이 비겁하게 뒤로 한 발 물러서는 거라고 생각했다가, 이내 그 말에 담긴 저의를 읽어 냈다.

'즉, 이성진이 결과적으로 얻은 이득과는 별개로 그 죽음을 바라는 인물은 얼마든지 있다는 것인가.'

그건 김보성이 앞서 언급한 '안기부'와 무관하지 않은 이야기일 수도 있었다.

'최갑철 의원 역시 조설훈의 죽음을 바랄 인물 중 한 사람이라는 거지. 어쨌건 해석하기에 따라선 조설훈은 딸의 약혼자가 사망한 원인을 제공했을지도 모르는 인물임과 동시에 박상대에 대해 잘 알고 있는 인물이기도 하니까.'

그리고 최갑철이 안기부를 시켜 조설훈을 제거하도록 청탁한 것이라면.

'……오히려 이성진은 애꿎은 피해자에 불과할지도 모르겠어.'

생각을 마친 여진환이 김보성을 보았다.

"검사님, 말씀하신 내용을 강하윤 형사와 공유해도 되겠습니까?"

김보성이 빙긋 웃었다.

"그건 여진환 씨의 자유입니다."

"……."

"다만, 여진환 씨도 이 일을 신중하게 접근해야 한다는 건 이해하셨으리라 봅니다."

여진환이 진지한 얼굴로 고개를 끄덕였다.

"물론입니다."

아직 확정된 건 아니지만, 만일 조설훈의 죽음에 안기부가 연루되어 있다면 이 사안은 정치적 분쟁으로 대두될 여지가 다분했다.

그리고 그건 중앙에서 밀려난 좌천 검사나 신출내기 형사,

이제 막 경위를 단 초짜가 감당할 수 있는 사건이 아닌 것도 분명했다.

그래서 김보성은 오늘 초면인 여진환에게 이 일을 말하며 신중하게 접근해야 함을 신신당부하는 것이리라.

김보성은 이쯤하면 됐다는 듯 아까 풀었던 넥타이를 고쳐 맸다.

“이만하면 제가 드릴 수 있는 말씀은 다 전달한 것 같군요.”

“아, 예.”

그리고 김보성이 자연스레 출구로 향하려는 걸 여진환이 불러 세웠다.

“저, 검사님. 한 가지만 더 여쭤봐도 되겠습니까?”

김보성이 몸을 돌려 여진환을 보았다.

“말씀하시죠.”

김보성을 불러 놓고는 한참을 망설이던 여진환이 다시 입을 뗐다.

“……검사님께선 이번 좌천이 아버지의 보복성 인사 조치라고 생각하십니까?”

그 말에 김보성은 한쪽 눈썹을 실룩이더니 픽 웃었다.

“글쎄요.”

김보성은 두루뭉술하게 말을 받았다.

“저도 대처가 미숙하기는 했죠. 만일 조금 더 일찍 박상대의 구속영장을 발부받을 수 있었다면 그 죽음을 막을 수 있었을지도 모르는 일이니 말입니다.”

“…….”

“그리고 저는 이번 일을 딱히 좌천이라고 생각하지 않습니다. 지방에도 검사는 필요하고, 제가 지방에 발령받은 것도 상황에 맞춘 인사인 것이겠죠.”

중앙과 가까이 있던 장래가 촉망된 검사가 특별한 이유 없이 지방으로 발령된다.

누가 보아도 좌천이 분명한 일인데, 김보성의 말은 역으로 여진환을 위로하는 듯 들렸다.

김보성이 여진환의 어깨를 툭 건드렸다.

“진환 씨는 신경 쓰실 거 없습니다. 들으니까 이제부터 광수대에 배속된다죠?”

“……예.”

“제가 할 수 있는 인수인계는 박강호 검사에게 다 맡겨 두었으니 잘 부탁드리겠습니다. 서로가 비슷한 연배니까 오히려 저보다 일하긴 더 편할 겁니다, 하하.”

여진환은 쓴웃음을 지었고, 김보성은 짧게 고개를 끄덕인 뒤 달각 문을 열었다.

“그러면 이만 가 보죠. 원래 인수인계 직전이 가장 바쁜 법이거든요.”

“예.”

사무실로 향하려던 김보성이 발걸음을 멈추고 여진환을 보았다.

"아 참, 양상춘 박사님께 안부 부탁드립니다."

김보성의 말에 여진환이 고개를 끄덕였다.

"알겠습니다. 맡겨 두십시오."

김보성은 싱긋 웃어 보인 뒤 발걸음을 옮겼고, 여진환은 한동안 복도에 우두커니 서서 그 뒷모습을 바라보다가 몸을 돌렸다.

나는 최갑철의 비서, 신정현이 끌고 온 차 뒷좌석에 올라탔다.

"실례하겠습니다."

"아니, 뭘. 신경 쓸 거 없어."

미리 뒷좌석에 타 있던 최서연이 파운데이션을 덮으며 빙긋 웃었다.

어제와 달리 청순한 풍으로 꾸민 최서연은 마치 다른 사람처럼 보였는데, 지금 그녀의 모습은 대외적으로 알려진 '정치인 최갑철의 딸 최서연'의 이미지이기도 했다.

"신 비서, 출발해."

"예."

신정현은 묵묵히 차를 몰았고, 최서연이 핸드백에 화장품을 집어넣으며 입을 뗐다.

"아무리 쇠뿔도 단 김에 뺀다지만, 성진이가 오늘 연락해 줄 줄은 몰랐는걸."

"너무 갑작스러웠나요? 죄송합니다."

"아니야. 어차피 백수인데. 요즘은 날씨도 오락가락하다 보니까 약속도 안 잡히거든."

최서연이 아 참, 하며 고개를 돌려 나를 보았다.

"아, 맞다. 성진이는 혹시 나처럼 우아한 백수를 뭐라고 하는지 아니?"

"모르겠는데요."

"백조래. 우습지?"

"……."

20세기에나 통할 법한 유머였다.

아, 물론 아직 20세기이긴 하지만.

최서연은 내가 그 시답잖은 말장난에 별 반응을 보이지 않자 입을 삐죽이며 다리를 꼬았다.

"무슨 말이라도 해 주지. 재미없게."

"누나가 한 말에 웃어도 문제라고 생각해서요. 게다가 따지고 보면 자조적인 거잖아요?"

"……흐음, 꼬마들이란. 어렵네, 어려워."

최서연은 청순한 화장에 어울리지 않는 표정으로 고개를

저었다.

"우리 집안엔 애들이 없어서 영 어렵단 말이야. 그야, 뭐 명절에 조카들이 놀러오기는 하지만 아직 말도 안 통할 나이고."

"그런데도 강선이를 입양할 생각을 다 하셨네요."

"그러게 말이야."

최서연이 심드렁하게 내 말을 받았다.

"대체 어떡하면 애들이랑 친해질 수 있을까?"

"어렵지 않아요."

나는 챙겨 온 가방에서 게임보이를 꺼냈다.

"애들이 좋아하는 걸 누나도 즐겨 주면 되거든요."

"뭐니, 그거? 게임기?"

"휴대용 게임기예요."

"그래? 세상 참 좋아졌다."

최서연은 내가 건넨 게임기에 관심을 보였다.

"내가 네 나이 땐……. 아니다, 생각해 보니 나도 어릴 땐 딱히 놀아 본 적이 없네."

최서연이 쓴웃음을 지었다.

"지금 와서 잘 아는 척하기는 힘들 거 같고, 차라리 초보자로 접근하는 것도 좋겠네. 흠, 너무 노골적인가?"

"신경 안 쓸 거예요. 애들이니까요."

"……애한테 그런 말을 들으니 기분이 묘하네. 아무튼 알겠어.”

최서연은 게임기를 만지작거리다가 핸드백에 집어넣었다.

“고아원, D구에 있댔지?”

“예.”

나는 최서연과 함께 요한의 집으로 향하는 중이었다.

‘내가 생각해도 다소 갑작스럽기는 하지만, 당장 내일이 금일 행사이니.’

그녀를 이용해 내게 가해진 터무니없는 오해를 풀 수 있다면, 내일 있을 일도 보다 수월해질 것이다.

‘이게 잘 풀릴지는 두고 봐야겠지만.’

다음 권으로 이어집니다

One for all
원포올

일라잇 스포츠 장편소설

작렬하는 슛, 대지를 가르는 패스
한계를 모르는 도전이 시작된다!

축구 선수의 꿈을 품은 이강연
냉혹한 현실에 부딪혀 방황하던 중
운명과도 같은 소리가 귓가에 들어오는데……

당신의 재능을 발굴하겠습니다!
세계로 뻗어 나갈 최고의 축구 선수를 키우는
'One For All' 프로젝트에, 지금 바로 참가하세요!

단 한 번의 기회를 잡기 위해
피지컬 만렙, 넘치는 재능을 가진 경쟁자들과
최고의 자리를 두고 한판 승부를 벌인다!

실력만이 모든 것을 증명하는
거친 그라운드에서 당당히 살아남아라!